文春文庫

「中年」突入！

ときめき90s

林 真理子

文藝春秋

目次

おとなの事情

嫌いじゃないの

そう悪くない

皆勤賞

踊って歌って大合戦

世紀末思い出し笑い

みんな誰かの愛しい女

「中年」突入！ときめき90s

おとなの事情

1991〜

―ショジョ探し―

「おい、ショジョいないかよ。ショジョ！」

突然こんな電話をもらったら、誰だってびっくりするだろう。ショジョが処女だということを理解しても、言葉がしばらく出てこない。

「……何するの……」

「別にオレがどうしようっていうわけじゃないけどさ、『アンアン』恒例の〝セックス特集〟」

「ああ、そういうことね」

彼はそこの編集者である。過去二回ほど「アンアン」はセックス特集をしており、クオリティのあるおしゃれな女性雑誌が、そういうことをしたというので、社会現象のように取沙汰された。事実、この号は爆発的に売れるんだそうだ。

「〝私たちそれでも処女を守ります〟っていう座談会をしたいんだけどさ、これが大変。

世の中って本当にショジョがいないんだなあ」

独身の彼は、そこで深いため息をついた。

「たまにいてもさ、ブスばっかり。あんなのが処女を守っていても、シラケるばっかりだよなあ。それでさ、美人で可愛いショジョを紹介してほしいのサ」

「やだァ、そんなこと、どうやって聞くわけ」

「このあいだ、女子大へ通ってる、すっごい美人の子と仲よくなったって言ってただろ」

「ああ、あのコは可愛いのよ。清楚で本当にお嬢さんっていう感じ」

「もうやったかナ」

彼は非常に直接的な質問をした。

「そんなこと聞けるわけないでしょう。知り合った女の子に、あなたそうですか、なんて聞けるう？　ただ、恋人はいないって言ってたけど……」

しかし、電話をする勇気がなかったので後々まで恨まれた。

「あんたが探してくれなかったから大変だったんだよ。世の中、ショジョなんていないぜ。オレ、なんだか女が信じられなくなってきた」

スタッフで八方手分けをして、なんとか人数を確保したという。最後の一人が見つかったのは、座談会の朝だったそうだ。

「だけど今度のは、すごく売れると思うよ。なんたってこれ、見てみい」

早刷りの〝セックス特集〟を見せてくれたのであるが、「ヒエーッ」と私は思わず叫んでしまった。

今や人気絶頂、元シブがき隊のモッくんのヌードである。今まで男の人はヌードといっても、例の法律があるわが国では、上半身のみとされていた。それがなんと腰の下まで写している。前向きと横向き、黒々としたヘアがはっきり見えるではないか。カメラはやはり篠山紀信氏。

モッくんのからだは文句のつけようもないくらい綺麗だし、モノクロの写真も美しいが、やはりど肝を抜かれるではないか。モッくんの意外にも（そうでもないか）毛深い下腹部の繁みは、あきらかにさまざまな既成のものに挑戦するように、雄々しく渦巻いている。

年増の私は驚き、そして次に感心した。マスコミ業界に食べさせてもらっている私にははっきりわかるのだ。

こういうことを「アンアン」が真先にやるのは、なんてカッコいいんだろう。おそらく、これほど堂々と男性のヘアを普通の女性雑誌が載せたのは「アンアン」が初めてのはずだ。「微笑」や「ポップティーン」だったら、事態は違ってくる。ファッショナブルな雑誌が、一流のタレントと写真家を使ったところに意義がある。汚ならしくも、スキャンダルにもなりかねないところを「おしゃれ」という絶対的価値でねじふせてしまったのだ。

写真もすごいが、その傍のコピーも、実に目を見張るものであった。一度読んだだけなので、すべて正確ではないかもしれないが、

「愛《いと》しむのではなく、その体の隅々まで征服したいと思う。女のその思いは、男の女を犯したいという欲望よりはるかに大きい」

というやつだ。もう世の中、女が男を征服しようとしているらしい。今まで精神的にはかなり進んでいたが、ついに体まで来たかあ。そして征服したい女たちは、おばさんでも、くたびれた人妻でもなく、「アンアン」を読んでいる女の子たちなのだ。〝紺ブレ〟でバシッと決めた彼女たちが、楽し気にモッくんのヘアを眺めてると思うと……やっぱり時代は変わったんだなあ。

世の中、ショジョなんかいないはずである。

そんな感慨にふけっていた折も折、面白い記事を見つけた。ある町でミス○○を決めたところ、控え室で煙草を吸っていたのがわかり、ミスをはずされたというのだ。今どき煙草ぐらいで不行跡呼ばわりする主催者側は、もちろんアホである。

しかし、こういうのに応募した女の子は、このくらいのことをわかっていなくてはいけない。

ミスコンテストの審査員など、もちろん絶対にお断わりしている私であるが、浮世の義理というやつで、遠い過去に二回ほどしている。東北のある市の市民祭に呼ばれた折、ミス○○市を選ぶ審査をしなければならなくなったのだ。他には助役さんとか、観光課のえらい人などがいたと記憶している。

最終審査に残った十人の中に、現代的な非常に綺麗なコがいた。受け答えもハキハキしていて、群を抜いていたと思う。

ところがミスになったのは、

「『チャグチャグ馬っ子保存会』で頑張ってます」

と実際に踊ってみせた平凡な女の子であった。

あのおじさんたちに、モッくんのヘアを見せ、世の中にショジョがいないことを伝えたら、どんな顔をするんだろう。

いやいや、もう彼らには関係ない。ショジョ探しに必死になっていた彼が最後に言った。

「だけどやっぱりショジョは嫌だなあ。めんどうくさいもんな」

こういう男のコたちによって、新しい道徳は生まれていくんだ、きっと。

ナチュラルストッキング

ご存知のように先日韓国へ行き、金賢姫《キムヒョンヒ》さんと会ってきた。おかげでここのところ会う人ごとにいろんな質問をされる。

「ねえ、ねえ、どんな女の人だった」

「普通のおとなしい女の子だったよ。ただ顔がデカかった」

というと、みんな「ふうーん」とつまらなそうな顔をする。もっとエキセントリックで、不敵な面構えの女性を期待しているようなのだ。

金賢姫さんももちろん興味深かったが、それと同じぐらい私の目をひくのは、ソウルの女性たちだ。世界のどこへ行っても、私はすぐに同性の表情やファッションを見る。世界中いろんなところへ行き、いろんな女の子を見るのはまことに楽しい。

七年前にベトナムの女の子たちを見た時はびっくりしたなあ。サイゴンの話であるが、みんな起きたての格好をして街を歩いているのだ。どういうスタイルかというと、パジャマを着、髪にはカーラーをくっつけている。パジャマというのはおそらくアメリカか日本製のものだろうが、花模様でコットンのものが多い。上着とズボンから成り立っている。アオザイ姿に慣れている女性たちは、物資のない折なんの抵抗もなく取り入れたに違いない。

私たちからみればパジャマだが、彼女たちにしてみると上質の木綿で出来た可愛いパンツスーツなのだ。カーラーの方もピンクや水色で、髪につければアクセサリーになる。本当に場所が変わると、服飾本来の目的も変わるものだなあと、私はつくづく感心して眺めたものだ。

同じアジアでも、ベトナムよりははるかに豊かでエネルギッシュな国韓国は、大都市ソウルを見る限り、ほとんど女性の服装が日本と同じ。しかし微妙なところが違っていて、その微妙なところがとても面白い。やたら過剰なのだ。例えば私が会ったある女性は、日本の大学に留学したインテリで、しかも若くて美人。ファッションモデルばりの容姿をしている。向かい合って食事をしている分には、日本の女性と喋《しゃべ》っているようだ。

しかし彼女が立ち上がった時、私はかなり意表をつかれた。普通のスーツを着ているのだが、彼女のストッキングは黒のバラ模様、しかもほんのりラメが入っているのだ。

最近私が発見したことのひとつであるが、女性の服装の差異というのは、からだの両極に顕著に表れる。どういうことかというと、服装そのものよりも、ヘアスタイルと足元あたりに、住んでいる地域の特色がはっきり出ているのだ。

昨日から大阪に来ているが、地下鉄に乗っても、デパートやホテルに行っても女の子たちは非常に綺麗でかわゆい。ハキハキした物言いの大阪の女の子は、もとより私の好みであるが、今回私はあることに気づいた。

ストッキングが東京とまるっきり違うじゃないか！

東京はカラータイツが流行っている。濃い色で厚めのタイツとスカートの色のつり合いを考え、カジュアルに着こなす女の子が多い。しかし大阪の女の子は、まるで大阪市条例で決められているかのように肌色のストッキングなのだ。これはよく観察してみると、派手な色のハイヒールを履くためと、女らしさを強調したいためかと思われる。大阪の女の子は概して髪が長く、どちらかというとボディコンのなごりのある服が好きなようだ。こういうファッションに、やはりタイツは似合わない。

同じ日本でも新幹線でちょっと飛ばすと、これぐらいの違いがある。日本は本当に面白いなァということを、私はその夜、M子センセイにお話しした。

M子センセイは、大阪にいる私の知人の妹さんで、お会いしたのは初めてなのだが、いやあ気が合うこと、楽しかったこと。私よりひとつ年下の女医さんである。彼女はその夜、どんとてっちりをご馳走《ちそう》してくださったのだ。

初フグのおいしかったことといったらない。お刺身、鍋とすすむうちに、M子センセ

イの話は、次第に漫才のようになっていった。自分でとぼけたことを言っては、

「何言わすねん」

とこける。関西のお笑いさんたちがよくやる手であるが、これほど普通の人たちの間にも浸透しているとは……。

M子センセイのご主人は、同じようにお医者さんだが、ものすごいハンサムなのだそうだ。お見合いの時、仲人さんが、

「それでは若い方お二人で……」

と言われたとたん、からだが勝手に動き、ものすごい勢いで反射的にガバッと立ち上がったという。

「そしたら横にいたおカアちゃんが、私の服の裾《すそ》をぐっとひっぱって、『あんた、ちょっと待ちィ、そんなにあせりなやァ』と叱られてしまった」

お見合いした二十日後に結婚式をしたというのだからすごい話だ。

「親が占いに凝《こ》っていて、月が替わると天中殺で大変なことになるというからなァ」

M子センセイは澄ました顔だ。

この後、新地のクラブへ連れていってもらった。

こんな高級クラブへ来るのは二回目ぐらいである。女の人たちはほとんど高級和服で、スーツ姿の女性はもちろんナチュラルストッキング。

丸顔のママが私の顔を見て不思議そう。

「えーと、この方は……」

友人が私の名を告げると、

「そう、ハヤシさんよね。もちろんよおく知ってますよ」

えらく調子のいいところが大阪的で、私は好きだ。しかし、彼女は私が何の仕事をしているか全く知らないことがすぐにわかった。

お酒に酔って新地の路地をゆっくり歩く。本当にみんなナチュラルストッキング。しかし一人だけチェックのスカートに黒タイツの女の子を発見。

「やーね、そうじゃないったら」

どうも東京もんらしい。東京の女の子がここでだけは異邦人に見える。

―手記―

いやあ、先日は興奮したなア。

遊びに行った上海から戻ってきたら、なんと話題の宮沢りえちゃんの写真集が届いているではないか。

篠山紀信さんからの贈呈本だ。篠山さん、どうもありがとう！

こんな貴重なものがあろうか。発売日までまだ三日ある。日本中があれこれ想像しているというのに、私は本物を手にしているのだ。

もちろんあちこちに電話をし、自慢しまくった。テーブルの上にさりげなく置いておくのも忘れない。打ち合わせやインタビューに来た人は、

「これ、もしかしたら……や、そうだ」

仕事そっちのけで写真集に見入る。

が、マスコミの人の反応はやはり業界っぽい。これはやはりシロートさんに見せたい

なあ。そういえば、これから書類を持って伺いますと税理士さんから電話がかかってきたばかりだ。そうだ、あの真面目な人に見せようとわくわくしながら待っているうち、私は中野翠の言葉を思い出した。

「いま、宮沢りえの裸のことを口にする男、大林雅美サンのことを喋る女、こういうテアイがいちばんおじさん、おばさんっぽいのね」

りえちゃんの写真集にはしゃぎ、雅美サンに未だに関心を持ち続ける私は、いわゆる両性具有《アンドロジニー》というやつではないだろうか。

雅美サンネタというのは、私が考えていた以上のエネルギーを持っているようだ。普通のネタというのは、一度消費されるとおしまいであるが、これは驚くべき拡がりを見せている。そして拡がっていくうちに、雅美サンの悪女度というのも希薄になっていったようだ。

最近はかなり風向きが変わってきて、味方をしたり、彼女こそ新しい生き方とみなす人も現れているようだ。

そしてお決まりのコースどおり、雅美サンの手記も出るという。それに先がけて某女性週刊誌に、

「今こそあなたに問う私の生き方。私は間違っているのでしょうか」

という記事が出たので、さっそく買って読む。

私は物書きの一人として、今さらながら文字の持つ威力というものに驚嘆した。文字で綴《つづ》られていると、どうも腑《ふ》におちないことも奇妙な説得力を持つのだ。

「もし私が裁判で負けたら、婚姻をねたに女性を騙《だま》した男が許されることになってしまいます」

などという箇所は、一瞬なるほどと思ってしまいそう。

「婚姻をねたに、月々百万のお手当をもらってる女は許されるのか」

「結婚していても他の男を好きになるのは個人の自由というならば、心変わりという心の自由に、どうしてこれほどの債務が伴うのか」

などという疑問がわき出てくるのはしばらくたってからである。永遠に疑問に思わない人も多いだろう。

手記というのを岩波の国語辞典で引くと、

「自分で体験・感想などを書きつづったもの」

とある。この「自分で」というのがミソで、有名人や時の人が、自分で書かないというのはもはや業界の常識である。その代わり、署名をする。よく週刊誌などで自筆のサインが、わざわざ大写しになっているのをご覧になったことがあると思うが、あれは、

「これは私の書いたものじゃないけど、記者の人がわりあいうまくまとめてくれたので、私の手記ということにしておきましょう」

という承認の印なのである。

かくいう私も、コピーライター時代、ある大スターの手記をまとめたことがある。これは思いのほか楽しい仕事であった。その人の魂が私にのり移ったかと思われるほどその気になってしまったのである。

自慢じゃないが、今でもそういう仕事をさせたら、かなりうまいんではないだろうかと思っている。ちょっとやってみたい。今だったら、前シキボウ会長の山内さん、市毛良枝サンと離婚係争中のご主人なんかの手記はさぞかし面白いに違いない。

が、私はやはり女性の方が得意である。雅美サンも私に任せてくれたら、もっといいものにしてあげられたんじゃないだろうか。イメルダ夫人、りえちゃんのママなどにも私は非常に心ひかれる。

だがこうなってくると、手記というより小説の分野に食い込んでくるかもしれないな。他人サマの人生を、筆でボリュームのある一篇に仕上げるというのは、まさしく作家の仕事なのだ。

ところがここで問題が生じてくる。現代はかなり物書きにとってシンドイ時代である。今までだったら、我々にネタを提供してくれた方々が、今は自分で書きたいのだ。書けなくてもいい、とにかく著者として表に出たいのだ。

何年か前のこと、ファッションモデルを主人公にした小説を書いていて、いろんな方から取材をしていた。ある時、もう現役を退いたけれど、大層美しい女性に会った。いろいろお話を聞き帰ってきたのだが、次の日、同行した編集者のところに、彼女から電話があったのだ。

「ハヤシさんには一部しかお話ししてません。私がいずれ書いてみたいと思うので、おたくから本を出してくれませんか」

こういう話を聞くと、うっかりしていられないと思う。プロとしての仕事をお見せしなくては、こういう方たちは納得してくれないだろう。自分の人生を横取りされたように感じてしまうだろう。

それになまじ小説家が手をくだしたものよりも、ゴーストライターを付けてでもその人の手記にした方が、生々しくてはるかに面白いことの方が多い。

なんでも資金難のソ連から、多くの有名政治家たちの回顧録の売り込みがきているそうだ。全くなまじの小説よりも、現実の人間の方が、ずっとエキサイティングに劇的に生きている。雅美サンの本も早く売り出されないかしらん。

ところで言い忘れたけれど、人は言いわけがあまり好きじゃない。小説が手記よりも長く生命を保てるのは、言いわけというものが、いっさいないからである。

―お金持ちは何処へ―

私のまわりにすごいお金持ちというのは一人もいない。

ちょっとしたお金持ちは何人かいるが、皆住んでいるところはマンションだし、締めるところはどこか締めている。目もくらむようなお金持ちも世間には存在しているらしいのだが、そういう方は知り合いのそのまた知り合いで噂を漏れ聞くばかり。話のネタに本物のお金持ちの生活を見てみたいとずっと思っていたところ、

「それなら芦屋へ行ってみたら」

と教えてくれた友人がいる。

東京のお金持ちが住む一帯、成城や田園調布というのは、相続税のためにどんどん切り売りされている。そこへいくと関西のお金持ちはオーナー社長が多いので、お邸をそのままにしておくことが可能なのだそうだ。

恥ずかしながら（別に恥ずかしくもないが）、私は芦屋というところへ一度も行った

ことがない。知り合いがひとりも居なかったからである。神戸から足を伸ばして見物に行ってもいいのだが、純粋にお金持ちのうちを見にいくだけのツアーって、ちょっとみじめったらしいと思いません？

豪邸見物はビバリーヒルズに行った時ぐらいでいい。お金持ちは好き、という屈託のなさと、お金持ちを見物しているところを見られるのは恥ずかしい、という見栄とが私の場合同居していて、コトはなかなかむずかしいのだ。

ところが最近知り合った若い男性が、

「ぜひうちに遊びに来てください」

と誘ってくださったので、京都へ行くついでにお邪魔することにする。

「僕のうちは芦屋といっても、あばら家ですから、決して期待しないでくださいね、お願いします」

何度も彼が繰り返したところを見ると、私はよっぽど興奮していたのであろう。

新神戸まで迎えに来てくれた彼に、

「『細雪』のロケに使ったのはどのあたり？　ほら、前に誘拐された令嬢が住んでたロクロクソーってどこなのよッ」

矢継早に質問する。車を運転しながら彼が言うには、このあたりもすっかり景色が変わってしまったのだそうだ。マンションも増えたし、ひとつの敷地の中に安っぽい白い住宅がいくつも建つようになった。

「ハヤシさんが考えているような芦屋は、もうむずかしいのと違います？」

私はすっかり考え込んでしまった。最近東京は右を向いても、左を向いても不景気な話ばかりである。ほれ、あのディスコが閉鎖された、あのイタリアンレストランが潰《つぶ》れた、などということばかり人はささやく。

「バブルがはじけた」という言葉は、すっかり使い古された感じがするが、東京の真中に暮らしていると、そのリアリティはひしひしと伝わってくる。

私がよく行くお店の、店員さんに尋ねてみた。

「おたくは高い輸入品を扱っているけど、バブルの影響はないわけ」

「ありませんよォ、うちは昔からのお客さんが多いですからね」

彼女はいったんあたりさわりのない返事をした後で、ちょっと声をひそめて言った。

「でも、いつも百万単位のお買物をされていた方で、最近ぱったりいらっしゃらなくなった方はいますね」

「ひぇー、百万単位の買物！　それってどういうコなの。不動産業者っぽいおじさまを従えてきてたんじゃないの」

「いいえ、いつもおひとりでいらっしゃって、何をしていたのかはまるっきり謎なんです」

そういえばひと頃、いろんなところに謎の女たちが満ち満ちていたっけ。もちろん年くってはいないが、極端に若くはない。年の頃なら二十七、八歳。水商売にも見えないが、そうかといって堅気のＯＬでもないだろう。

必ずといっていいほど髪は長く、ボディコンのなごりをとどめる服を着ていた。こういう若い女性たちが、私がごくたまにしか行けない高級お鮨屋のカウンターとか、ヨーロッパ線のファーストクラスの中にいた。

いったいあの女の子たちは何者なのだろうか！　いつもわき上がる好奇心と戦うために私は苦労したものである。

景気のいい不動産屋の愛人なのだろうか。しかしどう考えても愛人を持つ不動産屋さんがそれほど多いとは思えない。それに不思議な女の子たちの正体を、

「株をやったり、土地をころがすバブル親父の愛人もしくは娘」

と一括するのは、物書きとしてあまりにも底が浅いような気がして口にしたくなかった。

「お客さまのことを、こんなこと言っちゃいけないんですけどね」

私の執拗な口調に負けて、店員さんはぽつりぽつりと話し出す。

「実は私、彼女を何度か見たことあるんですよ。表参道でよくビラを配ってらっしゃいました」

どんなビラを配っていたか、どういう種類のものを売っていたか、ここで言うのは避ける。なぜならまだそのテのビラを配っている人たちがいるからだ。

店員さんが言うには、彼女はおそらく歩合制で、ひとつ売るたびにかなりの額が入ってきたのではないかということである。

残念ながら彼女の勤めていたお店はない。暮れからお正月にかけて、ずうっとセールが続き、しつこい客引きがあった。こりゃあ早晩閉店するなァと思っていたところ、やはりそのとおりになった。今はコンクリートの吹きさらしの店に「貸店」の紙がかかっている。

彼女もバブル経済のあだ花ということになるだろうが、私はなんだか「あっぱれ」と肩を叩きたくなってきてしまった。

機に乗じて楽しい思いをしたのは、男たちだけではなかったのだ。女だってちゃんともらうべきものはもらい、楽しむものは楽しんでいたのだ。それも愛人になることなしに、自分の手で。

それにしてもお金持ちは何処へ行ってしまったんだろう、田園調布や芦屋から去っていった人たちは。そしてわずかの間にあぶく銭を手にした女の子は。せっかく一部正体がわかった時に、彼女たちはもういない。

――非常識な人々――

春休みになると、深夜かかってくる電話が急に増える。こういう時、とらずにはいられない自分の性《さが》が、つくづく怖ろしくなる今日この頃である。

たいていは悪戯《いたずら》電話だし、そうでなかったら女の子の声が出る。

「もしもし、私、愛読者なんですけどォ、ちょっとハヤシさんを呼んでいただけませんか」

「いま仕事中なんですけど」

「ああ、そうですか。じゃ頑張るように言ってくださいね」

えらそうにと、いささかむっとするものの、こういうのはまだ可愛い方、好意が源となっているもの、といいように解釈する。

が、もっと図々しい女の子も多い。そしてこういうのに限って、声の主がすぐに私だと見破る（聞き破るか？）。

「よかったァ、私、いろいろお話ししたいと思ってたんです」

「私は忙しいんですけどね」

結構皮肉をきかせたつもりだが、今日びの女の子にはなかなか伝わらない。かえってきょとんとされてしまう。

「だって私、お話ししたいんですもの」

こういう時、私の中で湧き起こる不思議な力がある。

「あのね、今何時かしら。十一時四十五分、知らない人のうちに電話するのには、ちょっと遅すぎるんじゃないの」

そこまで言われると、さすがの相手も、「ごめんなさい」と言う。やっぱり可愛いもんである。

こういう女の子とは別に、仕事の依頼の電話というのもくる。こちらの方はなぜか若い男の声で、

「もしもし、ちょっとコメントお願いしたいんですがね」

と早口だ。私はこういう人にも、もちろん嫌味を言う。

が、もっとすごい獲物(?)がひっかかってくるのは、ファクシミリではないだろうか。

つい先日、何気なく受信トレイを覗《のぞ》いた私は、あまりのことに頭にカァーッと血がの

ぼってしまった。

それは某大手広告代理店の横浜支社からのもので、

「あなたは○○製パン主催のトークショー出演者の候補になっています」

とある。

「ついてはプロフィール・写真を至急送ってください」

私は別に候補にしてくれと頼んだ憶えもない。言っちゃナンであるが、さまざまな講演やイベントの依頼は私のところに毎日いくつもある。わざわざ自分のプロフィールを送ってお願いする必要はないのだ。

それにファクシミリを送ってきた先は、世界に誇る大パブリシティ会社だ。パソコンのキイをひとつ叩けば、たちどころにハヤシマリコの資料ぐらい出てくるだろう。それもしないで、勝手に候補にしておいて、資料を送ってこいとは何なんだ。

というようなことを私は言ってみたくてたまらない。自分ですぐさま電話をかけたくなり、秘書のハタケヤマさんに止められた。

「こういうことは私がしますから。ハヤシさんは表に出ないでくださいよ」

そんなわけで電話はしなかったが、この一日二日、私はそわそわしてしまう。

「ねえ、あのファクシミリを送りつけてきたコ、どんなコだった」

「すごく若い女の子みたいですよ。私が候補の段階でどうのこうのという仕事はしてません、こういう依頼の仕方は失礼じゃないですか、って言ったら、そうですか、すいませんって謝ってましたけどね」

そうか、若い女か、やっぱりなあ。若い女なら仕方ないかと思うものの、この安易な結論で済ませたくない。

「でもさ、新人の若い女性だって、あの会社の名前で仕事しているわけでしょう。自分のやったことに対しての責任を取るべきじゃないかしら」

この理屈を会ったこともない、その女性に言ってみたくてたまらなくなる。

「そういうエネルギーは、本当にすごいわよねえ……」

仲のいい友人がしんから感心したように言う。

「ああ、世の中には非常識な人がいるんだなァ、ってひとりで思えばいいじゃない。どうしていちいち訂正したり、抗議しなくちゃいけないの。そういう無駄なエネルギーを使うことはないのよ」

この意見は全く正しい。けれども私はすごい非常識やすごい悪意を持つ人々と、直接言葉を交してみたいという願望をおさえることが出来ないのだ。

最近はもう来なくなったが、結婚の前後、私に対するものすごい悪口を書きつらねた手紙が届けられたことがある。それを見て私は驚いた。

言葉の選び方といい、女のいやらしさを前面に出した様子といい、憎々し気なもの言いといい、なんだか私にそっくりじゃないか。

違っているところといえば、他人の悪口を私が言う場合、中野翠なんかとの長電話に限られているが、手紙の女性はそのままカタチにしてしまっている。

そして彼女は何も持っていない。私は彼女が憎いと思うほどたくさんのものを持っている、ようなのだ。

「もし私があのまま普通の女でいたら、たぶん私もこういう脅迫状まがいのものを有名人に出したんじゃないかな。そう思うとコワイ」

中野翠にそう告げたら、

「うまいこと言うじゃない」

とエラく誉められた。もし出来たらこの手紙を書いた女性と直に会えないかしら。そうしたら私が抱き続け、成長したかもしれないものを間近に見ることが可能かもしれない。物書きの一人として、私は非常識な人、普通じゃない人と話をしてみたい。本当に。

「なあんだ、そんなことなら簡単ですよ」

この欄を担当してくれている編集者が言った。

「うちの編集部に遊びにくれば、夜中にいくらでもそのテの電話がかかってきますよ」

そういうのは異常っていうの。私はあくまでも普通の人たちが抱く勘違いと、憎悪についての知りたいだけなんだ。

嫌いじゃないの

1992〜

——本当だったら——

女はミエっぱりだが男だってすごい。特に学歴に関しては、男の人の方がはるかにシビアになるようだ。

有名人のプロフィールにはよく、

「大学受験に失敗し」

という一行がある。「高卒」ではなくて「大学受験に失敗」。これはもう立派な経歴のようだ。これはまだわかるとして、私がどうも解せないのは、

「早大受験に失敗し」

「上智をめざしていたが、途中で方向を変え」

などとわざわざ大学名を書いている人（なぜか、というかやはり東大はない）。目にするこちらの方が、なんだか気恥ずかしくなってくる。

ところで、創業者というのは、どうしてあれほど説教好き、出たがりなのだろうか。

新しい企業をつくり上げたエネルギーというのは、体中に充溢《じゅういつ》しているので、人を調伏《ちょうぶく》せずにはいられないのだろうか。

時々地方の知り合いから有名手づくりハムを送ってくる。その中に入っている小冊子がすごい。人はなんのために生きているかから始まり、やさしさと愛に満ちた世界をつくろう、と説く。

なかなかおいしいハムで、それを嚙みながら人生について考えるのもちょっとおつなものである。

〝ハムを買うと生き方がついてくる！〟

先日はデパートで和装の下着を買ったら、その中にもかなり厚みのある小冊子が入っていた。人はどう生きるか、本当の美しさ、精神の豊かさとはということが延々と書いてあり、和装というものも、華やお茶と同じように道を極めるものなのだそうだ。

創業者というのは「愛」という言葉がとても好きだ、ということを私は身にしみて感じている。そういえば二月《ふたつき》に一度新聞半ページを使い「愛のコラム」というのをお書きになっていた化粧品会社の社長さんは、いまどうしているんだろう。芸名としか思えないような名前も、ひと昔前の青春歌謡歌手といった容姿も印象に深いものだったし、大新聞のスペースの大きさもハンパではなかった。

毎回毎回書かれることは、自分の家族と社員がいかに素晴らしいか、そしてその触れ合いを確認するたびに大きな感動が起こる……といったような内容だ。まるで「いんなあとりっぷ」や「ＰＨＰ」からそのまま抜け出たような感はあったが、私はそんなに嫌いじゃなかったなあ。いったいどういった方がお書きになるのだろうかと想像していたのだが、遂にご本人が週刊誌に出ることもなかった。

あの方が出なくなったと思ったら、最近とてもよく似た人を見つけた。通販のファッションメーカーの社長さんが、一ページの半分ぐらいを割いて、毎回綺麗な女優さんと対談しているのだ。

この経歴というのがすごい。

中学校を卒業した後、繊維会社に入り幹部を養成するための四年制高校を卒業するが、労働争議のため併設の短大を断念したんだそうだ。

これほどの会社の社長さんが、何もここまでくどくど言うことはないのにな。あまりにもカンタンに手の内をさらしているようなものではないか。

女は案外こういうことは言わない。男にこそ大学名や偏差値を求めるけれど、自分は〝イチ抜けた〟をし、もっと別のもので勝負していると信じているからだ。ではどういうことでミエを張るかというと、女性の場合やはり結婚だろう。

「私は本当だったら、すんごいエリートのお医者と結婚するはずだったのよ」

という友人がいる。

「あら、どうして結婚しなかったの。すればよかったじゃないの」

　こう聞くと必ずといっていいほど顔をしかめる。

「だってあんまり好きになれなかったんですもの」

「だったら仕方ないわね。好きになれなかったら結婚出来ないもんね」

「でもね、今になって考えてみると、夫婦なんていうのは別に好きだから一緒に暮らしているわけでもないでしょう。だからあの時、真面目に考えなくて、さらっと話にのればよかったのよね」

　こういう友人はたいてい平凡なサラリーマンなんかと結婚していて、結構幸せに暮らしている人だ。

「私は本当はアサヒ新聞社に入るはずだったんです」

　前に私の資料整理を手伝ってくれていた若い女性が、よくこういうことを言っていた。

「あら、じゃどうして行かなかったの。私のとこよりずっといいじゃないの」

　ちょっと腹をたて、嫌味を言う。

「あなた、入社試験に受かってたのを蹴ってここに来たわけね。そんなのもったいないじゃないの」

「いいえ、入社試験は通ったと思いますけどね、事情があってその日受けられなかったんです」

まあ、考えてみると私も若い時は、そのくらいの自信を持っていたのかもしれない。

私の思い出の中では、私は四人ぐらいの男性と結婚しているはずであった。

「私はね、本当は中学校の体育の先生の奥さんになっていたはずなのよ」

「私はね、本当だったら、今頃は陶芸家の奥さんになってドイツに住んでいるはずなのよ」

などということを人にも言い、長いこと辛い独身生活の慰めにしていた。ところがどうしたことであろう、先日、久しぶりに昔の仲間と会ったところ、当の本人からこう言われたのだ。

「あの頃よくお前って、A子と俺のデイトについてきてただろ」

えっ、彼と私のデイトに、彼女をつれていっているつもりだったのに。

「お前が本当に邪魔でさ、よっぽどテーブルの下で蹴とばそうかと思ったんだぞ」

二十年前のことじゃないかとまわりの人はなだめてくれたが、私はすんでのところで泣いてしまうところだった。

「あんなのあの人のやさしさよ」

その場にいたA子が言う。

「本当ならとっくに結婚しているはずの私が、未だに独身だから慰めてくれているに決まってるでしょ」

〝本当〟に傷つけられ、〝本当〟に安堵した日だった。

――おもしろうて……――

「ハヤシさんって羨ましいわァ……」

若い女の子にそう言われれば、誰だって相好《そうごう》を崩すだろう。私など最初の頃はすっかり誤解し、やたら照れまくったものだ。

「ヤダわあ、私なんて傍目《はため》で見てるほどいいことなんか何もないのよォ。ちょっと見は派手で楽しそうに思うかもしれないけどさ」

「だって有名人と会えるでしょう」

彼女はまばたきもせずに言う。

「芸能人とかとも会えたりして、本当にいいナァ」

ああ、そうだったのね。別に私の存在がまぶしかったり、羨ましかったりするわけじゃないのね、他の有名人と会えたり、話したりすること自体が、いいナァというわけなのだ。

確かに私は仕事柄、有名人とお会いする機会が多い。たいていは対談というかたちで相手の方にお会いする。これが何といおうか、普通の人にはなかなかわかってもらえない哀しみとつらさが生じてくるものなのだ。

「おもしろうてやがてかなしき鵜舟かな」

という有名な句があるが、

「楽しうてやがてかなしき対談かな」

と私は言いたい。

八、九年前、マスコミにデビューしたての私は、同時に三つも対談のホステスをしていたものだ。編集者の意図と、私の求めるものとはぴったり一致していた。つまりこのあいだまで普通の女の子だったヒトが、突然ブラウン管やスクリーンの向こうのスターに会い、一応対等にお話しする。そのはしゃぎぶりと、このあいだまで私が抱いていた素朴な疑問とが、会話に出てくればいいと編集者と私は考えていたわけだ。

あの頃、全くたくさんの男性に会った。がっかりすることと、嬉しかったことと、どっちが多かったかと聞かれれば半々だったと答えよう。

庶民派できさくな俳優とされていた人が、お付きやマネージャー、果ては映画会社の社員を十人近く連れてきたこともある。あまりにも中身のない男で、啞然としたこともある。

その反対に、いかにも芸能人、芸能人した人が、ひとりでタクシーでやって来て、実にさわやかだったこともある。

　これは私の密かな自慢であるが、私はなんと美男スターといわれる人の、プライベートの電話番号を五人ぐらい知っているんだから。対談が終わった後、双方結構気が合ったと了解すると、

「今度飲みに行きましょう」

　ということで電話番号を交換したりすることもある。よくタレント同士で結婚する時の記者会見を見ていると、たいていこの電話番号交換からすべてのことが始まるようだ。私の場合、交換はするが、もちろんあちらからもかかってこないし、こちらからもかけることはない……。ごくまれに、

「コンサートにいらっしゃいませんか」

　というのがあり、そういう場合は涙が出るぐらい嬉しいが、緊張ととまどいのあまりしばらく声が出てこないほどだ。

　まあ、そうしたことは抜きにしても、初対面同士の対談の始まる前の、あの一種の殺気に似たものはいったいどう説明したらいいだろうか。私は見合いをしたことがあるのではっきり言えるが、見合いも対談も根本的な部分においては全く同じだ。どちらも相手の好意をかち得たいと身構えている。

　もちろん対談をするからには、どちらも相手に対して最初から漠然とした好意を抱い

ているという大前提がある。いくら相手が大物だろうと、編集者が勧めようと、嫌いな人とは会ったりはしない。しかしここに大きな葛藤が生じるわけだ。好きだった相手にもっと好かれ、同性同士だとためらいなく電話番号を教え合い、その夜から長電話をする仲になりたいと思う。これが理想だが、世の中はそううまくはいかない。

「なんだ、たいした女じゃないわい」

「ふん、退屈。自分のことばっかりペラペラ喋っちゃってさ」

と話の途中からいらだちが起こり、非常にそっけなく別れることもある。それとは反対にこちらが気が合った、ああ楽しかったと思っても、

「じゃ、またいつかお会いしましょう」

とか何とか言われ、早々と帰られる場合もある。これもとてもつらい。好きで尊敬していた人と会い、落胆するのはもっとつらい。

つまり対談というのは、自意識と自意識の一騎討ちであり、相当の体力と気力を消耗するものである。楽しいことも山のようにあるが、冷や汗をかくような経験も山のようにある。

それに何といおうか、対談を一回でもした人というのは、私の中で特別の人になるのは確かだ。会ったことのない人間のことなら、好き勝手なことを言ったり書いたり出来

るが、一度でも食事を共にし、酒を酌み交わしたことのある人の悪口はどうもいいづらい。ここからいろいろなジレンマも始まるわけだ。口の悪い友人たちが、ああだ、こうだという中で、

「でも会ったけど、そんなに嫌な人じゃなかったよォ……」

と口をもごもごさせるつまらなさ、本当にその人物を好きか嫌いかと言われれば、好きではないと思うのだが、会ったことにより私は彼、もしくは彼女らに縛られる。そしてそのことにより、私はより複雑な思いを募らせたりするのだ。

さて、最近私は二人の大物にお会いした。ひとりはカトリーヌ・ドヌーブさんである。既に報じられているとおり、彼女の機嫌はあまりよくなく、最初から最後まで本当にドキドキしてしまった。憧れのスターに会えたのは嬉しかったが、終わったとたん、がっくりと疲れがきた。

これと対照的だったのが、アメリカのベストセラー作家のエイミ・タンさんだ。アメリカ女流作家ということでおっかなびっくりだったが、その物静かなこと、やさしくて謙虚なこと。そしてユーモアがあり話の面白いことといったら、私はいっぺんで魅せられてしまった。日をあらため、夕食を共にしたが、その時も本当に素敵だったな。

対談で私が本当に求めていることは、相手の魅力に屈伏させられるということに違いない。

——夏休み——

暦の上では秋なのに、とにかく暑い日であった。

オリンピックぼけに時差ぼけ、それに夏休みぼけという状態の私は、この一週間ほとんど仮死状態といってもいい。が、だらけた体にムチうち、いつもより念入りに化粧をした。今日はかなり画期的な、あるオーディションに立ち会うことになっているのだ。ニュースをつくることでは定評のある「アンアン」という雑誌が、今度女の子の裸を特集することにした。ヌードというのは、男を楽しませるために、男の雑誌に載るものだという法則をこれで打ち破るという。ふつうの女の子たちが、

「ねえ、ねえ、見て見て。私ってキレイでしょう」

と胸を張り主張するような裸の写真なのだそうだ。

そうはいっても、ふつうの女の子が裸になるのかと心配するムキもあったのだが、なんと千通近い応募があったというからすごい。

おしゃれな人気女性誌に載るということと、篠山紀信さんが撮ってくれるというのが、女の子たちの心をいたく動かしたらしいのだ。

会場の雑誌社会議室に行くと、既に五十人近い女の子たちが来ていた。これから午後まで百五十人ほどの女の子と会い、中からモデルになる女の子を選び出すのだ。

とはいっても裸になるモデルを選ぶわけであるから、当然裸になってもらわなくてはならない。どうするんだろうと思っていたところ、五人ずつ審査員の前に立った女の子たちは、セパレーツ状の水着を身につけている。

すると私の隣に座ってらっしゃる篠山審査員が、頃合いをみてさりげなく言った。

「じゃ、悪いけど、上の方だけはずしてくださいね」

さすがにこういうシーンは慣れているらしく少しも嫌らしくない。暖かみのある、しかも事務的な口調に女の子たちも自然にブラジャーをとった。

あの光景は何といったらいいのかしら。最初見た時はごく平凡だった女の子たちが、突然個性を持ちピカッと輝いたという感じなのである。こういう企画に応募するぐらいだから密かな自信はあったろう。けれどもその自信というのは、見せびらかしたり、言いふらしたり出来るものではない。

キレイなのに隠さなくてはならない。自慢なのに言うことも出来ない。考えてみるとハダカというのは面白いものである……。

などという感想を持てたのは三組めぐらいからで、最初のうちははっきりと目を凝らして見ることも出来なかった私である。

「なんだか見ちゃいけないような気がして、私、うつむいてしまったわ」

まだ若い「アンアン」の女性編集長も言ったぐらいだ。

が、さすがに篠山さんはよく見ていて、何番と何番のコは、ありゃあ、いけるね、などとすぐにおっしゃる。が、そう時間もたたないうちに、四人の審査員のポリシーがはっきり一致していることに私は気づいた。胸はペッタンコだったり、多少太り気味でもいい。とにかく清潔感があって可愛いコを私たちは選出しているのだ。

人気雑誌に載るというので、本職のモデルさんも混じっていた。髪は長く、いかにもボディコンが似合いそうな体つき。笑い顔もきまっている。なんと写真集を二冊も出しているという美人であったが、こういうコは全員一致ではねられる。私たちが探しているのは、こういう男性雑誌のグラビアから抜け出してきたようなコじゃないんだもの。

応募してきたのはほとんどがふつうのＯＬか学生。有名大学の大学院生や双児の姉妹もいた。

私が特に気に入ったのは、大分の眼鏡店に勤めている女の子だ。笑顔がとても魅力的で、アンアン風の、あっさりしたおしゃれをしている。

それにしてもいっぺんに百五十人の女の子に会い、驚いたことがいくつかある。それは五人に一人が、外国の大学に留学しているという事実だ。みんな地方の高校を出た後、イギリスやアメリカの聞いたこともない大学に籍を置いている。

テイのいい島流しだという声もあるが、この国の教育状況は確かに大きな変化を遂げつつあるようだ。

そんなことより、もっと現実的な問題として、この年の女の子って、誰もハヤシマリコの本なんか読んでいないのね。

篠山さんがふざけて、

「最近、ハヤシさんの本は何を読んだかナ」

と質問してもシーンとしている。

「じゃ、読んだことがある人は」

もっとシーンだ。

十年後、印税が入ってくるのだろうかと私はにわかに心配になってきた。

ともあれ、あのコもかわいい、このコも素敵と、二次審査通過者は予定の二倍の人数になり、選考は次第に熱を帯びてきた。全く最近の二十代前半の女の子のかわいさというのは、日本民族に突然変異が起こったとしか思えない。

その女の子たちがちょっと恥ずかしがりながらも、若い半身を見せてくれたのは、健康的でエネルギッシュでとてもいい感じであった。私も〝元気〟を注入されたような気分で、彼女たちとお喋りを楽しんだ。

が、審査が終わるやいなや、私と篠山さんは大急ぎで喪服に着替え、車に乗らなければならなかった。都内の葬儀場で中上健次さんの告別式が行なわれているのである。土曜日の道は思いのほか空いていて、信号で待つことなく車は陽ざかりの道を進んでいく。

それまで陽気に喋っていた篠山さんが、急に怒りと悲しみに満ちた声で、ひとりごとのようにつぶやいた。

「中上もバカだよ、こんなに早く死ぬなんて。百五十人もかわいい女の子のおっぱい見れたり、話出来たり、こんな楽しいこと、死んじゃえばもう出来ないじゃないか」

私は窓の外を眺めながら、知らない何人もの女の子の裸を見たり、告別式に出たりと、不思議な一日だったなァとぼんやり思った。

走る私

二カ月ぶりの講演ということがあり、私の頭とカラダのねじは、まだゆるんでいたに違いない。

人生初めての大失敗をやってしまった。なんと飛行機に乗り遅れてしまったのである。ソコツ者というイメージが強い私であるが、こういう人間は案外用心するものである。自分が他の人よりもずっとドジということを知っているから、まずそのことを念頭に置く。海外へ行けば、まずパスポートや使わない現金はセーフティボックスに預け、空港や駅へは早め早めに出かける。

自分の運の強さにも、かなりの自信があった。もう駄目かな、と思う時も何度かあることはあったが、そういう便に限って大幅に遅れたりしたものだ。

だが、その朝は羽田へ行く際、高速を使わなかったのが裏目に出た。全く道を知らない運転手さんは、混んでいるメイン道路の方ばかり行く。

このところ羽田へ行く時は、いつも下の道を走ってもらうのだが、すべてがすべて裏道を知っている運転手さんばかりだった。工場地帯を抜け、信じられないほどの早さで空港まで行ってくれたものだ。

運転手さんがみんな、ああいう感じだと思っていた私が馬鹿だった。

まだラッシュ時だからといって、JRとモノレールを使わなかった私が馬鹿だった。

自分を責め続けること一時間、車はやっと混雑を抜け出て、飛行場へと走っていく。

その時、不思議な感情が私の中にわいた。久しく訪れたことのない、純粋な好奇心と言い替えてもいい。

「飛行機に乗り遅れたら、いったいどうなるのか」

私はそのことをとても知りたくなったのだ。どのような処置がされ、私は無事目的地までたどりつくのであろうか。なんだかやたらうずうずしてくる。

そして神さまは私の願いどおり、出発時刻のわずか三分前にタクシーを空港前に到着させたのだ。ご存知のとおり、飛行機というのは二十分前に受付業務をストップする。

「申しわけありませんが、もうお乗りになれません」

という女性の声を聞くのも、当然ながら初めての経験であった。これを私はぼーっという表情で受けとめていたように思う。私の生涯のテーマ曲「どうにかなるさ」のメロディが聞こえてくる。

が、私は肝心なことを忘れていた。今日私が行くところは博多や札幌ではない。日に一便しかない稚内ではないか。東京から一日に一回しか飛ばない飛行機に乗り遅れて、私はいったいどうすればいいのだろう。

が、カウンターの女性が、すばやくコンピューターで叩き出してくれた。

「今から十五分後に、千歳行きが出ます。これに乗っていったん札幌まで行ってください。それから札幌の市内に、オカダマ空港というところがあり、五十分後に稚内行きが出発します。これに間に合えば大丈夫でしょう」

札幌にオカダマ空港というものがあるなどということも初耳だ。全く飛行機に乗り遅れると勉強になることが多い。

「そのオカダマ空港は、千歳空港からどのくらい離れているんですか」

「そうですね。二十分ぐらいですか。いいえ、もっと離れているかもしれません」

その女性もちょっと自信なさげだ。

「お客さま、あと十分で千歳行きが出ますので、私と一緒にいらしていただけますか」

走る、走る、羽田空港のカウンターから搭乗口までいっ気に走ったのだが、若いお嬢さんのスピードについていけず、ハアハアと息が切れた。

遅くなった人専用の小さなバス（これに乗るのも初めてだ）に乗り、ようやく自分の席に着いてからも、しばらく動悸がおさまらなかった。その後、さっそく機内誌を開き、稚内の位置を確認した。

私はなんと無知なのであろうか。再び頭をぽかぽかと叩きたいような気分になってくる。私の記憶では、稚内は旭川の少し上にあるはずだった。もし飛行機に間に合わなくても、旭川で降り、そこから列車か車でいけばいいとタカをくくっていた。ところがどうだ、稚内は北の先端、ぽつんと離れて存在する都市だ。

後から聞いたところによると、稚内は札幌から列車で六時間かかるということであった。とにかく千歳空港に到着した。サテライトには係員の方が待っていてくださった。

「東京から連絡がありました。乗り継ぎだそうですが、丘珠空港はここから四、五十分かかります。無理かもしれませんが頑張ってください」

また二人で空港を走る。タクシー乗場に着いた時にはもう息もたえだえになっていた。

「じゃ、お客さま、お急ぎくださいね。たぶん大丈夫だと思いますが」

係員の方にお礼を言い、時計を見た。あと五十分、本当に私はその、オカダマ空港にたどりつけるんだろうか。

「うん、なんとかやってみよう」

親切な運転手さんは、猛スピードで飛ばし始めた。少しほっとしたとたん、私のお腹がぐうっと鳴る。仕方ない、朝から何も食べていないのだから。

「運転手さん、そのオカダマ空港って、食堂かなんかありますか。私、早く着いたらサッポロラーメンかなんか食べたいな」

「お客さん、お腹空いているんだね。よかったら俺のおやつを食べな」

運転手さんがくれた、ゆでたてのトウモロコシを齧《かじ》りながら、あたりの風景を眺めた。

オカダマ空港へ行く道は、初めて見るようなところだ。私は次第に不安になってくる。

私は本当に稚内に着けるのだろうか。もし無事到着したら、私は心を入れ替える。もう寝坊はしない。家を出る時は余裕を見ることを誓います……。

そして十五分前に空港に着いた。また私は走る。途中で我慢しきれなくなり、トイレへ寄ってまた走った。

稚内に早く着き、観光をして蟹を食べるという予定が消えていくのが走りながらわかった。(が、無事着きました。ANAの皆さん、本当に有難うございました)

―正妻の秋―

最近、めっきり洋服を買わなくなった私。いつもなら新しいシーズンごとにどっさりと揃えるのであるが、この頃は全く食指が動かない。

着物にお金がかかり過ぎる、ということもあるが、もうワードローブが満杯なのだ。奥の方を探せば、昨年ちょっと袖をとおしただけのジャケットが何枚も並んでいる。クリーニング店の袋に入ったセーター類もぎっしり。

今年はロングスカートが流行であるが、そのテのものも見つけ出すことが出来る。新しいものを買う必要がないのだ。

これはどうも皆に共通したことのようで、服が全く売れなくなったとファッションメーカーの人たちがこぼしていた。全く時代というのは何とめまぐるしく変わっていくのだろう。このあいだまで二十歳の女の子が、アルマーニだのシャネルだのと騒いでいたのに、今やそういうことがダサくなった。バブルがはじけて、もう背伸びはしまい、という空気があたりに濃く漂っている。雑誌では「賢く安い着こなし術」の特集が組まれ、人気のブランドも豪華名門デザイナーから、リーズナブルで着やすい銘柄に移行しているようだ。

そうでなくても近頃の若いコは、センスもいいしスタイルもいい。ジーンズにセーターを羽織っているだけで決まる。何も二十万、三十万もする洋服を、カードローンで買うことはないと皆気づいたみたいだ。

さて、話が変わるようであるが、先日私はあるパーティーに出かけた。ブラックタイ着用と指定があり、なかなか華やかな会であった。マスコミのえらい方々も夫人同伴でやや照れくさそう。辣腕《らつわん》で知られる文藝春秋のツツミ常務、電通のフジイ局長の奥さまも初めて拝見したぞ。みんな上品で綺麗な夫人ばかりである。私は名前が全くわからないが、財界、政界の方々も、みんな美しい夫人を連れていらしているそうだ。

「ねえ、よく見なさいよ。今夜は正妻の品評会だと思わない？」

会場で一緒になった残間里江子さんが、そっと私にささやく。

「いつも外でワルいことをしている人たちが、みんなこういう時になると、ちゃんと正妻をつれてきているのねえ……」

（ツツミさんやフジイさんがそうだというわけではない。彼女は別の方向を見てつぶやいていた。念のため）

残間さんが話してくれるところによると、財界の方たちの奥さんというのは、留学生仲間というケースが圧倒的に多いそうだ。その昔、留学というのが本当のエリートか、お金持ちに限られていた頃、ジュニアたちはアメリカやヨーロッパの大学に旅立っていった。そこには音楽や美術を学んでいた日本の若い女性がいた。当然恋愛が始まる。

「二十年前に外国に出していたぐらいだから、女性の方も相当のおうちのお嬢さんで、だから結婚も反対されなかったんだって」

「ふうーん、そうなの」

玉の輿《こし》など縁もゆかりもない私だが、なるほど世の中はうまく出来ているのだなあと感心してしまった。

そういえばバブルの崩壊と共に、世の中から〝玉の輿〟という言葉も消え去ってしまったような気がする。世の中そんなにうまくいくはずがないと、普通の女の子たちが思い始めたせいだろうか。

かつて「バブルの友」という異名をとった「ヴァンサンカン」という女性誌を美容院で読んでいたら、「ニューヨーク・玉の輿情報」というレポートが載っており、これが大層面白かった。

アメリカで活躍する、お金持ちの企業家たちはもちろん一回きりの結婚ではすまない。成功を手にしてから、新しい夫人を求める。人生の勝利者に与えられる妻ということで、彼女たちはトロフィ・ワイフと呼ばれる。なんか嫌な語感ですね。ところがこれが単にホレタハレタということにはならないそうだ。

グラビアにしょっちゅう出る有名人の奥さまになるのだから、美人で魅力的なのは必須条件である。が、同時に社交界でちゃんとやっていけるかという条件もシビアに採点されるそうだ。大勢の使用人を駆使してちゃんとパーティーが出来るか、人の心をそらさない会話が出来るか、等々。大金持ちの家庭ともなれば企業と同じだ。室内装飾ひとつとってみても、教養や美意識が問われる大変な仕事である。そういうことを完璧にこなす女性が求められ、映画「プリティ・ウーマン」のようなことは絶対にありえないそうだ。

かくしてトロフィ・ワイフたちは四十過ぎの知的なスペシャリストになるという。スペシャリストといっても、自分で企業を経営しているぐらいのステイタスが問われると書いてあった。

お金持ちの奥さんになるのは、本当に大変らしい。スケールは全く違うが、日本でも似たような話をよく聞く。私の男友だちでそろそろ離婚をしようかというのが何人かいるが、彼らが口を揃えて言うのが、

「女房が物足りなくなった」

ということだ。みんななにがしかの世界で成功している男たちだが、彼らがさまざま

なものを身につけ始めたのに比べ、若い時結婚した女房は、子どもと近所の話しかしないという。

随分身勝手な言い分だと思っていたが、つい先日、「文藝春秋」の座談会でこんな言葉を見つけた。宮本美智子さんの含蓄のある発言である。こんなに人間が長生きするようになったのだから、二十代の時の相手と生涯を共にするのは不自然だというのだ。

私はなんだかやたらと頷《うなず》いてしまった。「人生五十年の時代」だったら、一人のパートナーでもよかろう。しかし今は八十年近く生きる時なのだ。若くてやみくもに一緒にいたかっただけ、の時の結婚相手を、すべてが落ち着いた中年期に見直すというのは、確かに一理あるというものである。

私？　私の場合はですね、普通の人が再婚する年齢にやっと結婚出来たので、もう一回、というカードは既に逸してしまったような気がする。昨年の服を取り出し、いつくしんで着るようなことだってしなくてはならないのが結婚生活かもね。〝正妻〟として仲よくやっていこうと、けなげに思う秋の日であった。

女の願い

女三人、いつもの仲よしで飲んだ。行ったところはそのうちひとりの、行きつけの銀座のバーである。

「私は学割で飲ませてもらっているのよ」

と彼女は謙遜するが、女がツケの効く銀座の店を持っているなんてすごい。私も年に一回か二回、銀座へ出かけることがあるが、誰かに連れていってもらうケースで、もちろん馴染みの店などありはしない。

そのお店はちゃんとした銀座のバーの条件、着物のママさんとか、綺麗なホステスさんといったものを満たしている。スナックにケの生えたようなところではない。やっぱり高そう。こういうところで自分のお金で飲む女もいるのだ。私は心から彼女のことを尊敬してしまった。

最初は、いかにも銀座に来ている女のグループにふさわしく、日本新党の話だの、不景気はいつまで続くか、という話をしていたのだが、いつのまにか夕食のおかずのことになった。

その日のメンバーは、ちゃんとした人妻一人（私のこと）、かつて結婚していた女が一人、かつても結婚していたが、今も別の男と結婚している女が一人という構成である。

その二回めの結婚続行中の女と私の、目下の最大の悩みは、夕食の仕度だということで意見が一致した。

「今日だって、亭主におかずつくってからここに来たのよ」

と彼女。三日分のおかずをつくって冷凍しておくことも多いが、冷凍だとご主人がいい顔をしないという。

「カレーを私、よくつくるのよ。あれって一日たってからの方がおいしいじゃない」

「そう、そう、うちもよくつくるわ。緊急食」

と私も頷《うなず》く。

「だけどね、そら、鍋にこびりついただの、水っぽいのって、いつも文句言われる」

と頬をふくらませる彼女は、部下を何人も持つ管理職である。世間に出れば、下にも置かぬほどちやほやされる身の上の彼女が、カレーが不味《まず》いといって夫から怒鳴られている姿は想像がつかない。

「馬鹿ね、あなたたち」

もう一人が鼻でせせら笑う。

「そういうのが嫌で、私なんか離婚したのよ。今はすごおくラクチンよ。あなたなんか、一回別れを経験してるんだから、もう一回すぱっと別れてみたら」

「私、いやよ、絶対にいや。だって我儘で勝手だけど今の亭主の方が、ずうっと好きなんだもの」

「いいわねぇ……」

私はしんみりと言った。

「ダンナが二人いると、比べることが出来るんだもの」

ここで三人はどっと笑ったのである。

その次の日、私は飛行機に乗ってある地方へ講演に出かけた。地元の女性が主催する会で、スタッフは皆、若いお嬢さんたちだ。何人かを誘ってお鮨屋さんへ行く。ここは海が近いので、お魚がとてもおいしいところだ。

カウンターで地酒を飲んでいるうちにわかったのだが、そのうち二人はこの三月で農協を退職し、どちらも四月に結婚が決まっているという。

「どこで知り合ったの」

「私はディスコ」

「私は本屋さんの駐車場です」

私は先輩面をして、結婚の心得をいろいろと話す。中の一人はメモしたりして、可愛いったらありゃしない。

二人とも地元の青年と知り合い、地元のホテルで式を挙げ、彼の会社の社宅へ入るんだそうだ。

「お仕事はその後、どうするのかしら」

「多分パートに出ると思うんです。九時から五時ぐらいで、彼が帰ってくる時に家に居られるようにします」

二人とも若く綺麗で、しかも賢い。カウンターでからんできた酔っぱらいを、ぴしゃりとやっつける気の強さも持ち合わせている。さぞかし有能なＯＬだったと思うが、結婚したらすんなり家庭に入ることが当然だと思っている。

「だけどそういう生活だと、今に後悔するわよ……」

と私はいいかけてやめた。きっと彼女たちはいい奥さん、いいお母さんになり着実に幸福な人生をつかんでいくだろう。そしてこの地方都市で、静かに平凡に暮らしていくんだろう。

東京でビジネスの第一線に立ち、結婚したり、別れたり、おかずのことでヒステリーを起こす生活とは無縁の毎日、しかしそれもいいではないか。自立やフェミニズムという言葉を彼女たちは知っているが、遠い世界のことだと思っている。それでも幸せになれる。

「私、昨日、すごく感動しちゃった」

家に帰ってきてから夫に言った。

「ああいう女性が、日本の女の人の八〇パーセントなんだろうな。普段接することがない人たちだけど、すごくさわやかでよかったわあ。私って、私のまわりの友だちだけ見て、ああいう人たちが日本の女と思っちゃいけないのよね」

「そうだよ。君たちのいる世界が異常なんだよ」

夫は珍しく語気荒く言う。いつも私の女友だちに圧倒されているからである。

「君たちは特別、本当に〇・〇一パーセントの特殊な女たちなんだよ。だいいちなあ、夫の夕飯をつくるの嫌だってギャーギャー騒いでる女はなあ……」

とばっちりがこっちに来そうで私は黙った。

さて、今夜のこと、幼なじみのサナエちゃんがやってきた。実は明日から二人で外国へ出かけることになっているのだが、その用意が出来たか点検しに来てくれたのである。私が何ひとつ整えていないことがわかると、彼女は仰天し、それでもパッキングをやってくれた。私の洋服や靴を、きちんとスーツケースに詰めていく。さすがはＪＡＬのチーフ・パーサーだけあって完璧な詰め方である。

「全くサナエちゃん、独身でいるのもったいないわよ。私が誰か紹介してあげるから、希望を言ってみなさいよ」

「そうねえ、私の仕事柄、まず転勤がないこと。それから絶対困るのが、毎晩うちで夕飯食べるような男の人ね。これだけは勘弁して欲しいわ」

傍で夫が小さなため息をついた。

私の人生哲学

毎度この季節が近づくとダイエットの話になって恐縮なのであるが（という書き出しも三回ぐらい使った）、私は久しぶりに固い決意を持った。

いろいろ廻り道をしたが、

「ダイエットに王道なし」

という結論に達したのである。

私の周囲にはダイエットマニアという人たちが多く、

「三日間、リンゴだけ食べていれば確実に痩せる」

「ゆで玉子をいっぱい食べるといい」

という体験談を語ってくれる。

ご飯を食べても油分をとらなければＯＫ、というお馴染みの鈴木その子式から、油分をたっぷり、ご飯類は駄目、という正反対のものさえある。私はめんどうくさいので油分とご飯と砂糖、全部を抜くことにした。そして今回から再び水泳にも挑戦することにする。

私と仲のいい友人は最近スイミングスクールに通っているそうだ。そのせいか体がひき締まってとても綺麗になっている。

そうだ、ダイエットなんていうのは簡単なんだ。〝入る〟を少なくし、〝出る〟を頑張る。チープなものを食べ、バシャバシャ毎日泳げば、これで痩せなかったら不思議というものである、と友人に得意気に語ったところ、

「それで続けばね」

と馬鹿にされた。私の根性の無さというのは、本人の自己嫌悪を通り越して、まわりの人たちを呆れさせるところまでになっているようなのである。お茶も英会話も三日坊主に終わり、

「その質問はしないでください」

と相手にお願いする状態になっている。あたりを見渡せばフランス語のリンガフォンセット、通販の美容機器、通信教育の書道道具といったものがあちこちに散らばっていて、私はため息を漏らす。

唯一奇跡的に続いているものといえば日本舞踊であろうか。これは一緒に習っている女たちの結束が固く、ちょっとでもサボろうものなら、たちまち糾弾の嵐となるからで

ある。さて発表会を控えた「藤娘」のお稽古も少しずつ進み、いよいよ後半の山場にかかった。ここで踊り手は横座りとなり、口説きの所作にかかる。しどけないポーズ、日本舞踊の振りの中でもいちばん色っぽいやつだ。ところが夜の窓に映った自分を見て愕然とした。確かに先生と同じ動作をしているのであるが、窓には全く違うものが見える。なんだか小山がどさっと置かれているようで、横座りにはとても見えない。隣りの先生と座高が一メートルぐらい違って見える。

「あれ、あれーっ」

私は叫んだ。

「どうして私と先生、こんなに違うのかしら」

「そりゃあ、太っているからよ」

見ていたお稽古仲間が極めて冷静にそっけなく言い、私は〝ダイエットや〟と唇を噛みしめたのである。

とにかく痩せる。そしてそのためには結婚以来十キロ近く太ったおのれの姿を見つめようではないか。私は親戚の女子大生を連れてプールに出かけた。紙袋にはポラロイドカメラが入っている。誰もいないロッカールームで私は彼女に命じた。

「いい、水着姿の私の正面と横を撮るのよっ」

よく女性雑誌の減量食やエステの広告に出てくる「使用前」の写真を撮ろうというわ

けである。もちろん現像に出したりすると恥ずかしいので、こうしてポラロイドを用意し、撮影者も身内を頼んだのである。

私は水着姿で白い壁を背景に立った。いつもああいう広告を見慣れている悲しさ、両手をピッと三十度上にあげ、それっぽいポーズをとってしまう。

親戚の女の子はヒイヒイ笑い出してしまった。

「全く、こんなことを考えつくのはマリコねえちゃんぐらいだね」

「そうかしら、皆、やろうとは思っているけどやらないだけよ。私、この写真をアルバムに貼って今日から頑張るわ、そして目的を達したら、また水着写真を撮って隣りに並べるのよ」

私はうっとりと目を閉じ、水中エアロビクスを始めたのであるが、彼女は、

「でも、いつまで続くかしらね」

と憎たらしいことを言う。この言葉を聞くと、カッと反射的に燃える私である。

「いい、ちゃんと聞きなさいよ」

私は水の中でとうとうと人生哲学を説いた。

「人間はね、とにかく好奇心を持って新しいことをやってみるのが肝心なの。１００まで行かなくてもね、何かを始めた人は1か2のものは身についている。やる前からあきらめて何もしない人は、永久にゼロなのよ。ゼロと2の差っていうのはね、人間にとっ

てものすごく大きなものなのよ、わかる!?」

それにしてもダイエットだけは、ゼロと2にならないから不思議である。もう減量をあきらめた時点で、三、四キロ体重が落ちているかと思いきや、たいていやけ食いやどか食いをするから、二キロか三キロは増えてしまう。女はこうして失敗の哀しみと体重を積み重ねて年増になっていくものらしい。

プールの帰り、二人で青山通りを歩いていると、太った外国人女性から話しかけられた。バスで六本木へ行きたいのだがどうしたらいいのかというのである。

「この道をまっすぐ行って――」

私は少しもあわてず騒がず答えた。

「そして三つめの角を左に曲がりなさい。本屋さんの前にバスストップがあるでしょう」

「す、すごおい。マリコねえちゃんって……」

振り返ると、驚きと感動に満ちた彼女の顔があった。

「英語、すごいじゃん。ペラペラ喋ってるんだもん。私、感動しちゃうー」

感動しているのは私の方だ。実はこの会話、七年前に買ったビデオの英語教材第一巻、第一章「道を尋ねる」の部分と全く同じなのである。本屋と郵便局が違うだけ。三章しか進まなかったビデオであるが、今こうして役立った。

私の人生哲学は見事に証明されたのである。

——小和田さんでよかった。——

皇太子妃がついに決まった。

祝福の気持ちと興奮がひととおり去った後、いま私のからだを虚脱感が包んでいるのをどうすることも出来ない。

思えばあまりにも長い歳月であった。この間、私は持ち前のミーハー精神により、お妃問題にかなりの時間と手間を費していたのである。各新聞社や雑誌社の担当者からさまざまな情報を聞いていた。おまけに私の担当編集者に皇太子のご学友がいる。彼のおかげでいろいろな方と知り合うことも出来た。

私がお妃問題になぜそれほど興味を持ったのかと問われると困るのであるが、やはりそれは面白かった。ロマンあり、おどろおどろしい思惑あり、亡霊のような貴族階級は登場してくるわ、日本の若い女性の像は浮かび上がってくるわで、激しく私の胸をかきみだしたのである。

が、そのきっかけはやはり小和田雅子さんの登場であろう。小和田さんという女性が登場せず、上流の学習院系女性たちだけで、この一連の劇が構成されていたら、おそらく私はこれほど深い関心を持たなかったに違いない。

あれはもう六年前のことになるだろうか、初めて小和田さんの名前が大きく週刊誌に載った。華麗な経歴の女性で、しかも美貌である。世の中に、これほど非のうちどころがない女性がいるのだなと感心したことを憶えている。

私のまわりにも才媛といわれる女性、美人といわれる女性はあまたいるが、才媛で美人という女性は少ない。しかも小和田さんの場合、ケタが違うのだ。

私はいっぺんに雅子さんのファンとなり、何とかこの方が皇太子妃になりますようにと思うようになった。それは世の中の人々も同じだったらしく、雅子フィーバーというものが起こり、記者達はロンドンまで飛んだ。

いま、私たちの夢がかない、彼女は皇太子妃になる。それならばもっと喜んでいいはずなのに、ある奇妙な感情、虚しさが私を襲う。そう、虚脱感と思っていたものは実は虚しさだったのである。

今回の皇太子妃内定は、何か小さな声が「ちょっと待った」と叫ぶ、おとぎ話のような気がするのだ。いみじくも、チャールズ皇太子とダイアナ妃の結婚式の時に司祭は言った。

「おとぎ話は王子さまとお姫さまとの結婚で終わり、それでめでたし、めでたしとなるけれど、本当の物語はそこから始まるのですよ」

このチャールズ皇太子とダイアナ妃とはついに気持ちを通じ合えることなく別居に踏み切った。

そして私たちは私たちで、おとぎ話をもはや信じることができない。

「ある国に心やさしくご立派な王子さまがいらっしゃいましたが、若い姫と出会うこともなく、宮殿の中でさびしくお暮らしでした。ある日、王子さまの目の前にお姫さまが現れました。このお姫さまときたら、大層賢く美しく、王子さまはいっぺんに好きになってしまいました。一生懸命プロポーズして、やっとお姫さまはOKしました。そして二人は幸せに暮らしましたとさ。めでたし、めでたし」

現在マスメディアによって、このおとぎ話は強引に私たちに押しつけられようとしている。

私は全く信じられないのであるが、多くのTV番組や新聞は、昭和三十三年のミッチーブームの際のマニュアルを使おうとしているのである。皇太子妃が決まったから、株価が上がり、景気が回復し、便乗商売が生まれ、「雅子」とみな赤ん坊に名前をつけて、外国の新聞社が書きたてると信じ込むマスコミの無邪気さは何といったらいいであろうか。

この情報の時代、人々はよく言えば賢く、悪く言えばかなりスレている。こうした人々に対し、

「お二人の愛がついに実を結んだ」

と書いて、どれほどの信憑性を得られると思っているのであろうか。

例えば一月九日付けの朝日新聞夕刊に、日下公人氏の談話が載っている。

「世の中に『結婚しない症候群』がまん延していたが、最近の家庭回帰の流れに、皇太子ご成婚が重なって、ことしはハイミス、ハイミスターたちの結婚ブームになる。新家庭はものを買う。それが力強い消費回復につながる」

日下氏といえば有名な経済評論家のはずであるが、この短絡的な幼稚さはどうしたことであろうか。おとぎ話の毒気にあたったのか、それともおとぎ話に殉死なさるおつもりなのか。

が、私にとっても予想以上のことであった。本当に人々はシラケているのである。ご内定を報じるスポーツ紙はそう売れなかったというし、報道番組の視聴率も決して高くない。

そして人々の心の奥底にあるものは、

「小和田さんは果して幸福になれるのだろうか」

という思いなのである。

「意中の方がOKして、皇太子さまがどれほどお喜びだろう。よかった、よかった」

この善意の初期段階が終わると、私たちの目は自然と雅子さんの方へいく。

ある時期、殿下と国民はある選択を迫られていた。それは、
①おじいちゃん、おばあちゃんが華族だったということ以外は、これといって特徴のない平凡な女性
②知力、外見ともに非常に秀れているが、これといった血の流れがない女性
が呈示されていたのであるが、いつのまにか②という解答が導き出されていった。それも初期のうちに、小和田さんという模範解答があったからである。

本当に素晴らしい女性だ。日本の国際化、女性の社会進出、高学歴化といった戦後の美点といわれるものが見事に結晶したのが小和田さんだと私は思っている。こうした方が次の世代の皇后になったら、どれほど有益であろう。

けれどもお妃選びは難航していた。一部の噂によると、小和田さんがプロポーズにうんと言わないのだという。あの頃、私は友人たちとこんなことを話したものだ。

「外交官をめざしたのなら、やりたいことの究極が皇后なのにね。皇后になれば、一千人分の外交官と同じことなのにね」

漏れ聞いた皇太子殿下のプロポーズの言葉を聞いて空恐しくなる。皇太子はこうおっしゃったという。

「外交官の仕事も、皇后も同じではありませんか！」

　これが本当だとしたら何とも不思議な言葉だ。これはサラリーマンへの転職の勧めと同じではないか。愛している、好きです、一緒になってくださいという、我々庶民が口にする求婚の言葉ではなく、あなたは皇后にふさわしい女性だから一緒になりませんかと殿下はおっしゃっているのだ。

　つまり我々国民も殿下も、似たような発想で小和田さんを求めているのだ。もちろん殿下には私たちには伝わってこない、青年らしい感情の発露がおありだったであろう。しかしマスコミの論調、街の声も煎じ詰めれば、

「皇后といういちばんむずかしく、いちばん地位のある職業に、最高の後継者が現れた。よかった。よかった」

　ということになっている。

　小和田さんは皇太子殿下という夫を選んだのではなく、皇后という職業を選んだ。そんな気がするのは私だけであろうか。

　いま彼女はひとりで輝き、ひとりで完成している。殿下とのツーショットを見ていないせいもあるだろうが、お二人が仲むつまじく寄り添っている光景がどうしても想像出来ないのである。

　言うまでもなく皇后になるというのは、ある男性と結婚するということだ。皇太子殿

下が人格的に素晴らしい方だというのはよく聞く。この私も一度だけお目にかかったことがあるが、凜《りん》としてしかも暖かい方であった。

けれども現代的な容姿を持つ小和田さんの横に、切れ長の目を持つ殿下がお立ちになるとする。それはまさに性格とか相性といったものを超えた、ふたつの異質の文化なのである。

失礼ながら皇太子殿下のお顔を拝見するたびに、私はよく感慨にうたれる。細い切れ長の目、整った唇。平安の絵巻から脱け出てきたような典型的なお公卿《くげ》顔でいらっしゃるのだ。あれほど二重瞼のぱっちりとした目の美智子皇后の血が入っても、さらに力強く濃い血がそれを押しのけて、切れ長の目の青年をつくる。考えてみると、近代の皇室の歴史は、この二重の大きな目と、切れ長の目とのせめぎ合いなのである。

明治の美子《はるこ》皇后、後の昭憲皇太后は、写真でもわかるように、少年のようなきりりとした顔立ちの切れ長の目だ。そして体の弱い大正天皇には、健康さを買われて節子《さだこ》皇后が選ばれた。

あまりお綺麗ではないと言われ続けていた方だが、今見ると現代的な大きな目の持ち主だ。そして再び昭和天皇には、涼やかな目の美女、良子《ながこ》皇后がいらっしゃる。

が、画期的なのは、やはり何といっても美智子皇后であろう。皇室はここで初めてといっていいほど立体的顔立ちの大きな目の女性の血が入ったのである。そしてさらに今、美智子皇后に負けず劣らない大きな瞳の女性がこの例に加わろうとしている。

が、それでも皇室の人々の顔が、渋谷の街を行く若者のようになることは決してないだろう。将来小和田さんが生むだろうお子さんも、おそらく切れ長の目の、お雛《ひな》さまのような顔をしていることであろう。が、そのことが人々が畏敬の念にうたれ、皇室が存続していく理由なのである。

このエネルギーにすべてのものは呑み込まれるはずだ。小和田さんは少々時期が悪かったところがある。「三LDKのプリンセス」などと呼ばれ、皇室に新風を吹きこむだろうとマスコミにもてはやされた紀子妃、大きな二重であるが切れ長、という目を持った女性は、皇室という家族の一員になったとたん、今や痛々しいアルカイックスマイルの持ち主になられてしまった。

内定後、白いコートを着て、初めて報道陣の前に現れた小和田さんを見て私は息を呑んだ。紀子妃そっくりの微笑を浮かべられているのだ。今まで私たちが知っている小和田さんというのは、まっすぐ前を向き、固い表情で足早に歩く女性であった。それは颯爽としていていかにも働く女という風であった。

それがわずか二日間で変わられてしまったのだ。意味のない微笑を浮かべ、彼女は報道陣サービスのため、その前をゆっくりと歩く。切れ長の目の一族になるというのは、こういうことなのである。それをぼんやりとだが知っているから、人々はこの内定の二ュースに狂喜したりしない。

欧米の教育を受け、女性官僚として生きてきた小和田さんはこれからどのようにして変わっていくのか。

「殿下の深い愛情に支えられて……」

などという女性週刊誌的なおとぎ話のような結論で片づけるのはよそう。

この小和田雅子さんがお妃に決まったことにより確実に新しい動きが始まっているのだ。それからもう目をそらすことは出来ない。思えば秋篠宮殿下ご成婚の時とはまるで違う。わずか三年前だというのに、あの時はおとぎ話の切れっ端が存在していたバブルの時代である。また、くっくっとたえず顔を見合わせて笑う、恋愛時代の延長のようなお二人は可愛らしく、人々はむずかしいことを考えずに済んだのである。

けれども英国王室のいくつかのカップルがいっぺんに破綻し、私たちはやんごとなき方々も、我々と変わりないことを知ってしまった。また日本の皇室だけが滑っても、ころんでも、

「おやさしい、ご立派、お美しい」

と言われることの不自然さを感じている。小和田さんはこの転換期に現れるべくして現れた人なのである。私は断言していいのであるが、皇太子妃に小和田さん以外の女性、例えば古めかしい画数の多い苗字を持つ、切れ長の目の女性が決まったら、人々は何ら

疑問を持たなかったことであろう。むしろ皇室行事のように、すんなりと受け入れ、ニューフェイスの女性の身元調査にマスコミは活況を見せたことであろう。

小和田さんだからこそ、これだけ優秀な女性を皇室に迎え入れる意味を我々は考え始める。疑問を持つという、新たな一歩を踏み出すことのきっかけを小和田さんがつくってくれたのだ。

「皇室は変わってほしい」

と我々はたやすく口にする。が、どのようにして、どの程度に、どんな具合に変わってほしいのか、明確な意見を出す者は少ない。はっきりしたビジョンを持つのは、皇室廃止論者ぐらいなものであろう。外出のたびに信号をとめないで欲しいのか。護衛を緩やかにするというのが皇室の民主化ということなのだろうか。

また皇室外交という言葉を、我々はどうとらえたらいいのか。

「小和田さんがお妃になることで、皇室外交が変わる」

などと安易にテレビで言っているが、皇族の外交は親睦以外の何ものでもない。そこで日米貿易摩擦の今後について、雅子妃がレクチャーすることを人は期待しているのであろうか。

風通しのいい皇室とひと言でいうが、単なる仲のいいファミリーとして私たちの前に存在するのか。それとも数ある伝統文化のパトロンとなるのか、また司祭となるのか。

私は明治宮廷を舞台にした小説を一冊書いただけで、皇室評論家でも歴史学者でもない。だから史観や展望といったものを述べられるはずもない。

また私は同時に物書きとして、切れ長文化の神秘性をこよなく愛するものである。以前私は皇太子さまの京都訛りを聞いて感動したことがある。維新をきっかけに京都から公卿たちが上京した。その家の中では京言葉が話され、娘たちは女官になった。そして幼い皇子に向かい、京の訛りのある声で話しかけたのだ。皇居の中では明治は決して遠いものではなく、今の生活に繋がっていくものなのである。こうした場所はもちろん必要だと私は考えている。

ただひとつ言えることは、皇居の中にいる人々は、我々よりきわだつもの、我々が憧れてやまないものを持っていただきたい。昭和天皇の人間的魅力、かつての美智子妃の美しさ、そして今後加わる小和田さんの聡明さといったものを仰いでいきたいと考えている。

そして将来の天皇である皇太子さまにもそんな気持ちを持ちたいのであるが、残念なことに皇太子さまのパーソナリティというものはほとんどこちらまで伝わってこない。たまの記者会見で拝見し、なかなかユーモアのある方だと思うものの、途中から急に慎重になってしまわれたりする。

私たちはそうした意味で、皇族の肉声にほとんど触れたことがないのではないか。演台の前に立たれて何かお話しになる時は、あらかじめ書いてある巻き紙をお読みになる。「お言葉」はあっても、スピーチはない。そこからどうしてご本人の個性が伝わってくるのだろうか。小和田さんは〝肉声〟で普通の声で喋る女性皇族第一号になっていただきたいと思う。そして普通の表情のままでいて欲しい。

何かと問題の多いダイアナ妃であるが、あの方の素敵なところは、笑いたい時には笑うが、それ以外はごくあたり前の表情をしていることだ。白人の美人だから、ややそっけなく見えるが、おかしくもないのにつくり笑いするよりも、見ていてはるかに心地よい。

女性という言葉が出たついでに言えば、宮家の女児継承というのも、決して避けて通れない問題だ。このままなら女の子しかいない宮家は、将来消失するしかない。私自身の考えとしては、ネズミ算式に宮家が増えることには反対であるが、これほど少数ならば、いずれ女児が継承することは討議されなくてはならないだろう。

虚しい、などと言いながら、私は小和田さんにいくつもの注文を出した。これらのことが解決されるとは思っていないが、こうしてたまには口に出してみるのもいいだろう。実は一方的なコミュニケーションしかとらない、というのは我々の方かもしれない。

そして最後に再び言うが、我々にとって皇室とは何かをもう一度考え直そうという動きは、あちこちで起こっている。皇太子と弟宮という違いは別にして、これは秋篠宮紀子妃のご成婚の時には全く起こらなかった現象だ。

それは多くの人々が、小和田さんならば同じ言語で喋ることが出来ると理解しているからだ。高度の教育を受け、初めての働いた経験を持つ女性。彼女なら世の中はおとぎ話でないことを知っている。綺麗ごとで片づけられる建前よりも、苦言を含む真実の方を選びとってくれそうだからである。

そう悪くない

1993〜

――とうがたつ――

言ってもせんないことであるが、若い頃にどうしてもっと勉強しなかったのであろうか。

本も楽しみのためばかりでなく、科学や歴史と広範囲にわたって読んでいたら、総合的な教養というものを身につけられたかもしれぬ。今は読まなければならない資料、読みたい本が山のようにあるのだが、とにかく時間がない。

どうしてこんなに時間がないのだろうと考えたら、不意に思いあたった。

年増の女はとにかくメンテナンスに時間がかかるのである。エステティック・サロンへ行けば少なくとも一時間半はかかる。全身マッサージもまた最近始めた。何かあれば美容院へ行きマニキュアをしてもらう。この所要時間たるや週にならしたら膨大なものになるはずだ。向上のためではない。とにかく〝現状維持〟のために貴重な時間が消えていく。

私は最近つくづくわかったのであるが、老いというのは下りの斜めのラインではなく、階段状になっているものなのだ。白髪もシワも出来ない、私って結構このままでいけるかもとタカをくっていると、ある日鏡を見ると大きなたるみが発生している。ある日突然、という感じでガタガタと崩れる。

これを何とか押しとどめるために、年増女は切磋《せっさ》琢磨《たくま》しているわけだ。この点私のまわりの女たちは、努力もする代わりに強気もたっぷりという者ばかりだ。私の友人のひとりを知り合いの編集者が、

「すげえおばさん」

と評したことがある。彼の仲間のマスコミの女性というのはとにかく若い。着ているものも流行の先端のパンツルックやロングスカートだし、お化粧や髪型も垢抜けている。そういう女性たちに囲まれていたら、スーツやハイヒールの女性が年をくって見えるのは当然だろう。

だからといって私の友人のことを「おばさん」なんて許さないわと、私はその男性編集者を睨んだことがある。

しかし私の友人は自信があり余っている女たちだ。

「私って異常に若く見えるみたいで……」

とよく私に自慢する。誰に比べてだろうと考えたら、どうやら普通の主婦に比べてと

いうことらしい。

もちろん若々しくて綺麗な主婦というのは山のようにいるだろうが、私たちの年代だったら子どもにいちばんお金がかかる時だ。エステや洋服にそれほど使えるはずはない。こうしたハンディを持つ女性たちに優越感を持つこともないだろうと思うのだが、働く女は割とこういうところで張り合おうとするようだ。

私はこんな図式をつくってみた。若々しく見える女たちの順序である。

芸能人＞水商売の女＞マスコミの女＞フリーター＞キャリアウーマン＞金持ちの女＞普通の主婦＞何もしない女、というところであろうか。主婦もお金があるのとないのとではぐんと差が出る。

しかしこの図式にあてはまらない女たちの一群がいる。いわゆる「嫁《い》きそびれてしまった女」というやつだ。それも四年前の私のようにがさつで焦っている女、というのではない。もっとおっとりとしていて、気がついたら三十過ぎていたというタイプである。地方の良家のお嬢さんによくこういう方々がいる。釣り合う相手がなく、縁談をより好みしているうちに時間だけがたってしまった。別名「とうがたった」ともいう。

この「とうがたった」というのは何という美しい響きであろうか。「薹《とう》が立った」、関西風に「嬢《とう》が立った」と同じ感じがある。私のまわりにいる女は、ハイミスやバツイチばかり。たくましくて明るい女たちだ。

「とうがたった」という形容詞をつけられるためには、もう少しはかなげで、世間知らずのやさしい感じがなくてはならない。白くやわらかい肌が少したるみ始め、目尻の小じわが増えているが、それがとても優し気。髪は娘時代のまま長くしていて、それが少しずつ艶が失われているのも風情がある。

自分が年をとったことは少し哀しいけれど、そのことについてあまり自覚がない。だから服の好みも若いままになる。両親は次々と亡くなり、長兄にめんどうをみてもらっていたりしたら完璧だ。そう、『細雪』の雪子のような女性が、究極の「とうがたった」お嬢さまなのである。私のまわりにはまずいない。全く最近こうした女性を見たことがない。

ところが昨夜、私は大量の「とうがたった」女性たちを見たのである。

仕事で博多へ行った私は、ついでにフグを食べることにした。東京のフグは高くて年に一回か二回しか食べられぬが、博多のフグは安くておいしい。東京から飛行機に乗ってでも行く価値があるという。そんなわけで地元の放送局に勤める美人アナウンサーを誘って一緒に出かけることにした。彼女は昨年入社のやたら可愛い女の子を連れてきた。アイドル風の雰囲気でフジTV系のアナウンサーといったら想像がつくであろう。将来多分とうがたたないだろうタイプだ。

そして皆で博多の人もなかなか行ったことのない「シオンの娘」へ行くことにした。

「シオンの娘」というクラブのことを前に書いたと思う。十年以上前に世間を騒がせたあの千石イエスの信者の女性たちが、生活費を稼ぐためにクラブを開いているのだ。

「よくもまあこれだけ美人を集めたものだ」

と当時人々はため息をついたが、あの頃の美女は全員そのまま「とうがたっている」！　もう皆さん三十代後半になっているはずだが、髪を長くして白い訪問着などが似合うのだ。誰もがおっとりと明るい。決して下品ではなく、それなりに色気もあり、

「すごい、すごい。綺麗な人ばかりだ」

と一緒に行った男性は興奮していた。このページで茶化したことを書いたにもかかわらず、一年ぶりに行った私を皆さん歓迎してくれた。バーカウンターの下は足のマッサージ器がしつらえてあり、健康にいいという牡蠣《かき》エキスをまず出してくださる。これほど身体に気を遣ってくれる飲み屋が他にあろうか！　やがてショウタイムが始まり、演歌と踊りがミニステージで繰り広げられる。楽しいぞ。

ひとつわかった。宗教というのは「とうがたつ」ための、牡蠣よりも効くエキスなのだ。

忘れないぞ

正直言って、私もあの記者会見には驚いた一人であった。着物も素敵だし、とても可愛らしいお嬢さんなのに、質問への答えがツーテンポぐらいずれる。それに喋り方があまりにも幼くたどたどしい。とてもお勤め経験のある二十四歳の女性とは思えないのだ。

その日は友人たちと食事の約束があったのであるが、

「ねぇ、ねぇ、若ノ花のフィアンセ見た!?」

とみな異様な盛り上がりをみせたものだ。

栗尾美恵子さんのことは以前からよく聞いていた。マガジンハウス「オリーブ」の箱入りモデルとして、私のまわりの人たちは彼女のことを時々噂していたものだ。

「とにかく今どき珍しいぐらい、すれていないイイコなのよ」

と「オリーブ」の前編集長、今は「アンアン」の編集長の淀川さんも懐かしがって口にしていたものだ。その幻の美少女美恵子さんは、人気力士のフィアンセとしてテレビや雑誌から注目を浴びることになった。その美少女伝説で、いつのまにか「美恵子さま」という皇室のノリに近づいてしまった彼女は、初めて口を開いた時、息を呑んで待ち構える多くの人たちをガクッとさせてしまったようだ。あまりにもテンポがずれて世間離れしているのである。

当然バッシングが起こり、それは私が予想した以上にすさまじいものであった。ところがワイドショーを毎日見ているうちに、私の中で変化が起こっていった。この女の子には狡《ずる》そうなところや卑《いや》しいところが微塵《みじん》もない。ただ困惑と初々《ういうい》しさに満ちて、あの大きな目を見開いているだけだ。

もし彼女が「有名人をひっかける」ような知恵や、おねだりをするような計算高さがあれば、もう少し気がきいた返答をするだろう。最近は一般の人たちでさえ、マスコミ受けするしゃれたことを口にする。しかし彼女はしんから困り抜き、どうしていいのかわからないらしい。そして随分人を待たせてから、やっとぽつんとなんだかユーモラスな言葉を発するのだ。

いつのまにか私は、彼女がテレビに出るたびに声援をおくるようになった。

「いい？　ちゃんとするのよ。最後までしっかりご挨拶するのよ。あ、ダメ、よそ見するんじゃないったら」

彼女がドジをしないか、おかしなことを言いやしないかとハラハラドキドキしながら見守る。彼女が後援会のパーティーなどでマイクの前に立つと祈るような気持ちにさえなった。彼女がややつっかえながらもスピーチをし終えると、安堵のあまり深いため息をもらす私。

「ひょっとすると私、ミエコちゃんのファンかもしれない」

などと人に言い、いっぺん会いたいナと漏らしたら、実現の運びとなった。「アンアン」の編集者テツオさんが、彼女を食事に誘ってくれたのだ。

実物の美恵子さんは、テレビや雑誌で見るより百倍美しかった。肌は透きとおるように白く、いたいたしいほど大きな瞳。少女マンガから抜け出してきたような女の子である。

「さぞかしメロメロでしょうね」

ため息をついたら、けげんそうな顔をされた。

「はっ？　誰がですか」

「誰って……。もちろん若関がですよ」

「そんなことないです。私がメロメロなんです」

こちらが赤くなり目を伏せてしまった。こうした会話からもおわかりのように、素顔の彼女は普通のテンポの喋り方である。はきはきとまではいかないが、すぐに的確な返事が返ってくる。

「あの、こんなこと聞くと失礼ですか」

意地悪なおばさんとしては、やはり質問しなくてはならぬ。

「どうしてインタビューされる時、あんなに間が空いちゃうわけ？　聞いてる方がドキドキしちゃうわ」

「皆さん、矢継早に質問されるんです。私、せっつかれて必死に考えるんですけれど緊張してなかなか出てきません」

「そりゃそうだよ。あれだけの報道陣に囲まれりゃパニックになるよ。この人、緊張すると口開くのが癖だし」

とテツオ。

「モデルをしていたから半分芸能人してたんだろうなんて考えるのが、そもそも誤解なんだから。『オリーブ』だけの専属モデルで、そりゃあ大切にしてたんだから。ＣＭなんかみんな断わったし」

それに雑誌のモデルというのは、カメラマンと編集者ぐらいしかその場にいない。大勢のスタッフに揉まれ、人慣れしているタレントさんとは根本的に違うのだ。いきなりマイクをつきつけて、芸能人のようなしゃれたことを喋れというのは、彼女にとって酷なことだろう。

「いろいろ書かれていますけど気にしないようにしています。若関は子どもの頃からそうしたものを見ない習慣なので、彼との間で記事が話題になったこともありませんし」と言いながら美恵子さんは、きゃしゃな手首を裏返して時計を見た（ブルガリじゃなかったような気がする）。

「そろそろお昼寝が終わる頃ですので、これから部屋へ行かなくては」

毎日二子山部屋に通っているそうだ。幸せ過ぎて、雑音などあまり入ってこないようである。

日頃好き放題のことを書いているような私であるが、ひとつだけ戒《いまし》めていることがある。それは他人の結婚について絶対に意地の悪いことを書かないということだ（陰で言うのはもちろん別）。自分が結婚した時にしみじみ思った。普段はたいていのことは我慢している。が、一生に一度好きな人と結ばれる時に、ひどいことやいいかげんなことを言った人に対する恨みは、四年たった今でもはっきり憶えている。

ワイドショーのコメンテイターで出ていた坪内ミキ子さんという女優さんの意地の悪さ、小倉某とかいう司会者の出鱈目《でたらめ》ぶりを私は忘れない。

若ノ花も「見ない習慣」はやめ、しっかりメモする習慣をつけておくことをお勧めする。

——なぜこんなに哀しいのか——

安井かずみさんが亡くなった。そしてこのニュースを聞いた時、私を襲った哀しみと虚脱感は今思い出しても不思議なほど大きかった。

私はもちろん安井さんと親しい友人というわけではない。世代も違うし、テリトリーも違う。安井さんにはおしゃれで素敵なお友だちが数多くいらしたから、その方のほうがこの原稿を書く資格があるのだろうが、私は敢えてごく個人的な感想を話してみたいような気がする。

安井さんを回想するということは、私の少女時代を思い出すことでもある。おそらくそういう女性はとても多いはずだ。

六〇年代、グループサウンズブームが起こった時、私は田舎の中学生であった。私はジュリーやショーケンといったスターにはなぜか熱中することなく、その背景となる東京のカルチャーにひたすら憧れていた。「平凡」や「明星」といった月刊誌や週刊誌を読みあさり（私の実家は本屋であった）、そこからさまざまなにおいをかごうとしたものだ。六本木の飯倉というところに「キャンティ」というイタリア料理店があり、そこでは毎夜有名人がシャンパンを酌みかわしている、赤坂には「ムゲン」というとても素敵なディスコがある、ということなども、埃《ほこり》くさいセーラー服を着た私は知識として知っていたのだ。そしてその記事にいつも名前が載っていたのが、安井さんであった。女優の加賀まりこさんと一緒にいるグラビアを何度も見た。濃いサングラスをかけ、煙草をくゆらせている姿は、とても日本人とは思えないほど、かっこうがよかった。そう、あの頃は日本人に見えないというのが最大の誉め言葉であった時代だ。

今でもはっきり記憶している記事がある。当時のスーパースター、ジュリーに関してのゴシップの中で、

「彼は六本木の会員制クラブへ時々行く。ここは作詞家の安井かずみさんが会員なので、その紹介で入店出来るのだ」

これを何気なく読める人は、多分若い人であろう。昔、少女だった私は衝撃を受けた。ジュリーといえばスターの中のスター、富も名声もすべて手中にしていると私は信じていたし、多分そうであったろう。その彼が入ることの出来ない店があり、他人の力を借りる。しかもその人物は女性なのだ。安井さんという人は、自らがそのクラブの会員となり、ジュリーを誘ったりすることが出来るのだ。

キャリア・ウーマンという言葉が日本に紹介されるずっと以前のことである。私は記事を何度も何度も読み返した。そしてなんとすごい女の人がこの世にいるのだろうとため息をついたのを憶えている。そのうえこの女の人はとても美しくおしゃれなのだ。毎晩煙草を片手に友人たちとお酒を飲み、恋をし、そして大金が入るらしい。私にとって安井さんはまさしく六〇年代の東京という魔都の象徴でもあったのだ。

また別の雑誌で、私は安井さんのこんなエッセイを見つける。

「今年はカンヌに行くつもり。あちらには友だちが多いから、もしかして合流してイタリアに行くかもしれないわ」

肌を焼くなら南仏、クリスマスは北欧で過ごす、そして洋服を買うならパリという生活は、ジャルパックが誕生したかどうかの日本でどれほどすごいことだったか、現代の女性には想像しづらいかも知れぬ。ミナコ・サイトウがやってきたようなことを、安井さんは二十数年前にさらりとやってのけていたのである。

これについては恥ずかしい記憶がある。七年ほど前、私は若気の至りといおうか、もののはずみといおうか、シャネルスーツをつくったことがあるのだ。パリの本店で仮縫いを二回したオートクチュールである。ある日、パーティーにそれを着ていった私は、安井さんにばったり出くわしたのである。正直言って、いちばん会いたくない人に会ったという思いであった。

安井さんは昔からパリでサンローランやシャネルの服をつくってきた女性である。そういうオートクチュールを着る女性には義務が伴う。美しくシェイプされた体と、エレガントな身のこなしが出来なければならない、というような安井さんの文章を読んだことはないが、多分そう思っていらしたはずだ。

だらしない体型をした私が、得意気にシャネルスーツを着ていたさまは、さぞかし噴飯ものであったろう。しかし安井さんは楽しげに私に寄っていらした。

「あらあ、マリコちゃん、よく似合うわよ。とってもいいわ」

私は安井さんに会う時、いつも自分がからかわれているような気がした。たまにパーティーやシンポジウムで顔を合わせると、いつも優しくしてくださる。田舎の女の子が一生懸命成り上がろうとしているさまがおかしいのだと密かに思っていた私には、やはりひがみ根性があったのだろう。

実際私はいつも安井さんに会うと緊張し、自分でもどう振る舞っていいのかわからなかった。ちょっとしゃれたドレスを着て、グラスを手にし、安井さんと喋っている自分が信じられない。安井さんにではなく、もっと大きなものにからかわれているような気がして仕方なかった。

最後にお会いしたのは、昨年の春、サントリーホールでのオペラであった。私の連れの男性が安井さん、加藤和彦さんご夫妻と親しく、その後食事に誘われた。アークヒルズの中のフランス料理店である。安井さんと食事をしたのは初めてだったが、とてもよく召し上がるのが意外であった。

「年下の加藤さんに嫌われないように、太っちゃいけない、ダイエットをしなきゃいけない、っていうのが強迫観念みたいになっているそうよ」

という人がいて、安井さんは小鳥ぐらいしか食べないと、私は想像していたのだ。

「私たちはここから歩いて帰るから。じゃあね」

といって、タキシード姿の加藤さんと黒いソワレの安井さんは後ろ姿を見せた。そのシルエットはため息がでるほど素敵で、私と連れの男性はしばらく立ち止まって見ていたものだ。

「いつ見てもかっこいいですね……」

「全く現実のものとは思えない。きまり過ぎだよなァ……」

連れの最後の言葉は不吉なものとなり、それきり私は安井さんにお会いすることはなかった。

考えてみると、私は、というよりも日本の女たちは安井さんからなんと多くのことを教えてもらったことだろうか。海外でのショッピングやバカンス、海の向こうのデザイナーたち、夜遊び、イタリア料理、ワインを飲みながらするクッキング、ディスコ。こうしたものは風俗として扱われているから、安井さんの名前は歴史に残らない。世の中の人々は、風俗というものは自然発生し、そして流布されていくものだと思い込んでいるからである。が、それは大きな間違いだ。ひとつの現象が魅力あるものとして人々に知られるためには、そこに必ずヒーローか、女神の存在がある。一部のスターを除いてまだ芸能人の地位もセンスもそれほど高くなかった時代、女神の役目を担ったのは安井さんだったのである。

そして彼女は非常に大切なことを当時の日本人女性に教えてくれた人だ。それは自分の手で稼いで贅沢《ぜいたく》をすることであった。それまで彼女のようなライフスタイルをおくれる人は、金持ちのドラ娘か愛人に限られていた。しかし安井さんは、才能ある女性というものは、望めば男性の愛情だけでなく、何でも手に入ることを見せてくれたのだ。

正直言って、最後まで安井さんは女神であり続けたわけではない。その後、女のリアリティを打ち出した阿木燿子さんが登場したし、サブカルチャーは七〇年代、八〇年代に入って実に多くの女たちを生み出した。

いまどの雑誌を開いても、ちょっとカワイイ、ちょっとオリコウな女が、ピクルスにしたいほど数多く登場してくる。彼女たちは自分がどんなおしゃれをし、どんな恋をしているか、たえずお喋りし続けている。テレビと同じく雑誌も総コメンテイター化の時代なのである。しかし彼女たちは大切なことを忘れている。コメントする、グラビアに出るという〝余技〟のためには、必ず〝本業〟が必要なのだ。ここで言う〝本業〟とは、エッセイストだの作家だの作詞家だのという自己申告の言いわけではない。どれだけ優れたものを創作出来たか、どれだけの人の心をうつことが出来たか、という意味で問われる〝本業〟である。

安井さんはグラビアを飾りながらも、本業において長いことトップランナーのひとりであった。彼女がつくったいくつかの曲、「よろしく哀愁」「危険なふたり」は、カラオケで盛んに歌われ、いまもってCMにも使われる、名曲といわれるものだ。

私の涙は、本物の才能ある女性、本物のスターを失った哀しみである。

自分が憧れていた女性が死ぬというのは、これほど哀しいものだろうかとつくづく思う。中年女となった私は、いまあれほど純粋に同性を慕うこともないだろう。

好きだった年上の女性がこの世を去るというのは、自分の少女時代の完璧な喪失である。どんな素晴らしい人も死を迎えるという無常を確認しながら、私たち自身もやがて老いていくのである。

プロと出会う快感

私の首には横スジが何本か通っている。この何年かでそれは、はっきりと刻まれてしまっている。エステへ行っても、毎日マッサージをしても消えることがない。

「それは仕方ないことなのよ」

と教えてくれたのは、同業者の友人である。

「首の横スジは私たちの職業病なの。だって仕方がないことでしょう。私たちは毎日毎日、十時間以上ずっとうつむいている仕事なんだから」

これを聞いてから、私はこの首の横スジがとても好きになってしまった。普通の女なら、オバさんの印である首のシワであるが、これは立派なプロの証ではないだろうか。プロであることは体のつくりさえ変えてしまう。これは本当にすごいことなんだと、私はシワを誇りにさえ思うようになった。

それほど私はプロフェッショナルな人間というのが好きで、そういう人たちに憧れてきた。

たとえ娼婦でさえ、プロフェッショナルに徹した女性というのはカッコいい。真冬のニューヨークの街角で、豪華な毛皮のコートをまとい、すっくと立っていた美女は素敵であった。ブルセラだの、テレクラデイトだのといって、自分を安全な場所に置きながら、いただくものはちゃんといただこうという、薄汚い日本の女子高生とは比較にならない。

ところでプロの人々というのは、どういう人を言うのであろうか。

その仕事が好きで誇りを持っている、ということを第一の条件にあげる人がいるが、私は少し違うような気がするのだ。

なぜならば、いま話題のスチュワーデスを見よ。あの人たちぐらい、自分の仕事が好きで好きで、なりたくてなった人たちはいないだろう。

「そんなことはないわ。たまたま試験を受けたら通ったのよ」

などと、ぬけぬけ言う女たちが私たちの時代には何人かいたが、この不景気になってからは、そんな気取りを皆捨てている。

「なりたい、なりたい」

と、アルバイト・スチュワーデスに応募が殺到するご時勢だ。しかし彼女たちの中でもプロとアマの差は歴然としていて、プロ野球選手や芸能人が乗ってくると目の色が変わるアマチュア・スチュワーデスが、かなりの数いることは周知の事実だ。誇りと仕事への愛情もプロの条件とはならないのである。

仕事を好きになり、誇りを持つことがプロへの一歩だなどというキレイゴトを言うつもりはない。私はたまたま特殊な目立つ職業に就いたから、自意識過剰になり、自分を奮い立たせ、駆り立てなければならないことがあるが、普通のＯＬだったらこれはかなりの至難の業だ。

誇りは無理やり持たなくてもいい。そんなものは後からついてくる。ただ、貰ったお金の分ぐらいはちゃんと働いてみせる。この場所で必要な人間になってみせる、という意地は持って欲しい。

意地と強気というのは、プロフェッショナルの萌芽というものだ。

しかし最近この二つを持たない人間が実に多い。特にサービス関係においては、希少といってもよい。我々が日頃利用するファミリーレストランやファストフードの店では、出会うのがかなりむずかしくなっているのが現状だ。

この国の多くのサービス業というのは、学生がやるもの、あるいは定職が見つかるまでのイレギュラーと見なされているのである。だからまあ、喫茶店やレストランにおけるウエイターやウエイトレスたちの質の悪さといったらどうだ。

私は時々深夜のレストランや喫茶店に入り、ある感慨にふけることがある。

「どうしてこんなにつまらなそうに働けるのであろうか」

客が店に入っていっても仏頂面で立っている。汚れたテーブルを拭いて貰おうものなら、えらい騒ぎである。そしてぬるいコーヒーをガチャンとテーブルに置いて立ち去る。ああいうアホなアマチュアに出くわすと、こちらまで不機嫌になってくるのが常だ。

「タクシーを止める時、人はささやかな運命論者になる」

というのは、いまは亡き向田邦子さんのエッセイの書き出しであるが、プロとアマについてこれほど見事に言及した言葉はあるまい。アホなアマにあたるか、賢いプロにあたるか、まさにハラハラドキドキのルーレットの中で我々は生活しているような気がする。どちらにあたるかで、一日の気分はまるで違う。

特に私が、いいプロにあたってついている！　と感じるのは、デパートの下着売場に立った時である。

若い店員が近づいてきて何が欲しいか尋ねる。オールインワンを探しているんですと答えると、彼女はやおらメジャーを出して、私のサイズを計り始めた。私が自分のいつものメーカー名を言ったにもかかわらずだ。

そして彼女は困惑の表情を見せる。あーら、こんなに大きいのあったかしら、とその目ははっきりと語っている。

次に彼女は小走りでレジの近くに駆け寄り、何人かの店員さんに聞いているのだ。

「ねえー、バスト〇〇、ウエスト〇〇って、どのタイプかしら」

私は頭にカーッと血がのぼってしまった。そりゃあモデルのような体型だったら、大声で公表されても構わない。しかしこれほど大きな声で、人のスリーサイズを言わなくてもいいではないか。夫にさえ秘密にしている数値だ。私は回れ右をして帰ろうとしたのであるが、そこへすぐ年配の店員さんが寄ってきた。

「オールインワンをお探しですね」

彼女は丁寧に微笑みかけながら、こちらを一瞥《いちべつ》した。そしてジャケット姿の私から、メジャーなしでサイズを読みとったのである。これをお試し下さいと手渡された製品は、どれも私の体にぴったりの大きさであった。

この時も、プロの方が先に応対してくれたらどれほどよかっただろうと、私は後々まで思ったものだ。そう大差ない給料であろうに、あのアホアマと、きりっとしたプロとが一緒の仕事に就いているとは全く信じられない思いだ。

サービス業ばかりでなく、普通の職場においても、プロとアマの差ははっきりしているものだ。世間から軽く見られているお茶汲みにおいてさえ、その両者の違いはある。

つい先日のこと、私はある官庁の審議委員会に出席した。向かいの一列は主に事務方が座っているのであるが、ある線を中心に右側がその官庁のボス、左側が外部から選出された議長である。そして左右の端にいくに従って、局長、議員となっていく。お役人とお客さん格の民間人とが並んで座っている、かなりむずかしい席順なのである。そこに女性事務官がお茶を運んできた。まだ若い女性である。彼女はお茶を人々の前に置く。

まず民間の議長、副議長と左側へ進み、今度はまたすばやく戻って、省のトップの方に行く。そして局長、議員と順にお茶を出していったのだ。

注意深く彼女の動きを見守っていた私は、思わずほう一っと溜息をついてしまった。これが名人技でなくて何であろうか。彼女は一度も座っている人の顔も見ていないし、名前と役職が書かれたネームカードも、もちろん目にできない。席順をあらかじめ記憶し、それを頼りにお茶を置いていったわけだ。

できそうでちょっとできることではない。もちろん、お茶の熱さも濃さも、ああいうところで出されるものとしてはかなりのものであった。

私は、各職場のいろいろなプロを見た結果、ひとつの結論に達した。プロは、はっきりとわかる特徴を持っているのである。それはシンプルであることだ。

ちょっと気概を持って働いたことのある女ならわかることであるが、私たちは生きていくスタイルを仕事によって得る。仕事は驚くほど大きなことを私たちに与えてくれる。男と女の差、情報の取り方、強者の傲慢さ、弱者のみじめさ、といったものも、私たちは仕事を通して知ることができる。

そして私たちは仕事によって、さまざまなものを変えていく。ファッションもそのひとつだ。

その仕事にいちばん適して動きやすい服装や髪形を、自然と女は選びだしている。

「おぬし、できるな」

とすぐわかるプロの女というのは、全体的にそぎ落とされた感じだ。全体に小さくまとめている。髪を常にかきあげているような女はまずいない。アマチュア度が強まれば強まるほど、過剰なものが生じてくるのである。

先日、人の見舞いにある病院に行った私は、若い女医さんたちのポケットに驚いた。白衣のそれに、彼女たちはスヌーピーや動物の飾りがついたペンを何本も入れているのだ。女医という最もプロフェッショナルな職業のひとつに就くことに対し、彼女たちはちょっと照れている。

「ねえ、ねえ、見て、見て。私たちはまだ若い女の子なの。医者だからって怖がらないでね」

とその胸のオモチャたちは語っているようである。

しかし、何か大きな突発事故が起こった場合、その胸のオモチャのボールペンはどのように動くのであろうか。私はひどく不安になる。

そう、大切なことを話しておかなくてはならない。プロの真価というのは、トラブルが起こった時にわかるのである。

思えば、プロというのは非常に苦労が多い。何度も言うように、アマというのはひと目でわかるから、最初から相手にされない。すぐに除外される。

「もうあんたはどうでもいいからひっこんどいて。責任者を出してよ」

こういう時に女性の責任者が出てくるのが最近の傾向だ。トラブル処理はプロの花道といってもよい。

相手の気持ちをこれ以上害さないようにする。そして瞬時に最善の方法を見つける。

人間がこれほど身体と心をフル回転させる時があるだろうか。各細胞がいきいきと動きはじめ、脳味噌がピンと尖ったようになる。私も経験があるのだが、トラブルが起こるたびに、ひとまわりもふたまわりも自分が成長するような気がしたものだ。

もちろん、途中で投げ出したりしたら、この充実感は得られない。とにかく頑張りとおして成功させてみせる。あるいは、失敗して泣く。甘ったれた涙が、やがて口惜し涙となっていく。口惜し涙というものは一人の時に流すものであるが、これができるようになったらしめたものだ。プロも中級の域に入る。

口惜し涙を流したことが、後で嬉しい思い出になるというのはプロの醍醐味である。全くプロは楽しい、面白い。

仕事について、生きるということについて、さまざまな意見があるだろう。一日八時間の勤務時間を、お金を貰うためだけと割り切って、できるだけ省力化するのもひとつの考え方であろう。

こんな仕事じゃなかっタラ、もっといい学校を出ていタラ、あの会社に受かっていタラ、タラ、タラ、タラの魚屋女になる。タラに発展性と希望というものはあまりないが、とにかくタラと言い続ける八時間。

しかし、その八時間を自分のために使おうとする考え方もある。会社のためではなく、自分のためにだ。

人生は短い。不満たらたらの八時間でも八時間。それはあっという間に過ぎ去る。その八時間を有効に使い、プロになるための訓練と考える。もしそこまでしてやりたいと思う仕事でもないと考えたら、職を変える。職を変えるためには努力をする。

なんだ、プロになるというのは、このうえなくポジティブに生きるということじゃないか。

皆勤賞

90

1994～

ファッションの発生源

久しぶりのバンクーバーは、すっかり秋の気配である。

雲が薄くなり、空気に含まれる薄荷《はっか》分はますます強くなったようだ。

昼間から好き放題に自堕落なことをしているために、時差がなかなか抜けない。昼と夜が逆転したまま、日本から持ってきた本を読む。

長い休暇の折には、自分の最も苦手な分野を読むのを宿題にしている。今回はなんと宗教関係とフェミニズムの本だ。

中にとてもいい本があり、私はちょっぴりではあるが洗脳されてしまうのである。

「ちょっとオ、女の社会においてね、いい家庭婦人にならなければならないという強迫観念は消えた代わりに、働く女こそ美しくなければならないという命題が、女たちを追い詰めているんだって」

私は傍の夫に向けて本をかざす。

別に夫に返答を求めようとしているわけではないが、二人きりなので仕方ない。話しかける相手が他にいないのだ。

すると日本から運んできたパソコンでゲームに熱中している夫は、

「しょーがねーだろ」

とうわの空のまま適当に何か言う。

「そんなこと言ったってさ、自分がやりたくっておしゃれしてるんだろうからさ。そんなこといちいち言ってたら、ミもフタもないじゃないか」

この返事こそミもフタもない。

私はいつになく考えにふける。

私たち女はダイエットに励み、化粧をし、洋服の着こなしにあれこれ頭をひねるが、あれは心から自分の楽しみのためにやっているのだろうか。それとも、女性雑誌を中心とした社会のルールに応えようとしているのだろうか。

私の考え方だと、純粋な自分のための歓び七〇パーセント、後は他人の視線のため三〇パーセント、といったところか。

つい先日のこと、日本で私はある試写会に出かけた。自分では気づかなかったのであるが、その時洋服を上から下までテレビに撮られていたらしい。次の日、ワイドショーを見ていたら、「おしゃれ拝見」というコーナーに私が出てきてびっくりした。

「この方はトレンディなものがお好きですねえ……」

と女性の服飾評論家。

「このシースルーのブラウスは今年の流行です。ですけど下に着ているシャツとブラウスとの組み合わせがおばさんっぽいですね」

〝おばさんっぽい〟という言葉に、一瞬カッとした私であるが、すぐに思い直した。ここはむしろ、ああ、ありがたい、ありがたいと感謝しなければならない話だ。私はもう若くもなく、ましてや女優さんでも何でもない。それをこんな風に扱っていただけるとは……。

世の中にはおしゃれをしても、誰からも注目されない人がいっぱいいる。私のような年齢だと、新しい洋服を着ても夫すら気づいてはくれないといったところが普通だろう。それなのに注目してくださった上にアドバイスまでくれたのだ。おかげで私はいいかげんに洋服を選ぼうとするたびに、あの、

「おばさんっぽい」

という言葉が浮かぶ。そして怒りがよみがえろうとする頭を強く横に振り、合掌することにしているのだ。

「ああ、ありがたい、ありがたい。今日はおしゃれをしよう」

しかしここバンクーバーでは、そんな気遣いはほとんどしない。人とお食事をする時

こそ、ワンピースやジャケットを着るが、それ以外はジーンズかゆったりしたチノパンツ。たいていスニーカーを履いているが、全く不都合はない。

　この街には気の張るようなレストランはあまりないし、あっても何とはなしにカジュアルな雰囲気が漂う。カジュアルといっても、小粋さとはかなり違っていて、ひと言でいえば「野暮ったい」のだ。

　私はオフィス街のカフェに座って、通りをいく女たちをぼんやりと眺める。ここはバンクーバーの中でも、しゃれた女性や、キャリアウーマンが多いと言われるところであるが、ニューヨークやパリといったところと格段に違う。

　そもそもスーツ姿の女性があまり多くないのであるが、靴の選び方、ハンドバッグの持ち方、ストッキングの色などがどこかもっさりとしている。〝おっ〞と振り返るような女性になかなかお目にかかれない。

　この理由は何となくわかる。私はファッションの根源にあるものは、緊張感ではないだろうかと最近思うようになった。パリの街を歩いたことがある人ならおわかりだと思うが、あそこはカフェから鋭い視線が矢のように飛んでくる。カフェに陣どる人々の前を胸を張り、自信を持って歩くなどというのは、全く至難の業《わざ》であろう。

「見る人」「見られる人」がつくり出すぴりぴりするような緊張感、あれがファッションという地震を発生させる。

ニューヨークでの厳しい生存競争と、自己主張が生み出すあのきつい空気がここバンクーバーにはまるでない。

すぐ後ろに迫った美しい山と、美しい海。オフィス街の隣りにヨットハーバーがあるこの街は、すべてがゆったりとやわらかく、ファッションが生まれるぴりりとしたものがないような気がする。気候がよく、治安も人柄もいい街からファッションなどというものが育つはずはない。

繁華街をゆく人々も観光客が多く、地元の人たちもたいてい私と似たりよったりの格好だ。ジーンズでほとんどこと足りる街なのである。

若いコたちはスタイルもよく、ジーンズやアクセサリーの使い方がなかなかであるが、それでもわが東京の原宿のコたちとは勝負にならぬ。原宿の方がはるかに過激で工夫している。

緊張感がファッションを生み出す根源的なものだとしたら、やはり人との関わりが大きく影響しているといわねばならぬ。緊張感は他人からもたらされるものだからだ。

すると私の、

「おしゃれは自分の歓び七〇パーセント、他人の視線三〇パーセント」

という説は崩れることになる。

いやその視線こそ歓びの元になるものだとなると、話はややこしい。結局はニワトリと玉子か、と通俗的なことを言うと、フェミニストの人から怒られるかもしれない。

──誰が強いか──

もの思う秋がやってきた。

私のまわりでもため息をつく女性が多い。

「結婚したいわぁ……」

「今度の彼とうまくいくのかしら」

「彼って私のこと、どう思っているのかしら……」

このため息のせつなさは、二十代のＯＬであろうと、四十代の作家であろうとみんな同じだ。けれども、傍《はた》から見ていて、有名人と呼ばれる女性は、普通の女性たちとちょっと違う嘆きを最後につけ加える。実はそれがいちばん深刻なものかもしれない。

男の人は自分の知名度に惹《ひ》かれているのではないだろうか。自分がごく平凡に生きている女だとしたら、ここまで愛してくれるだろうか、自分のタイトルを全部剝《は》ぎとったとして、ただの女となった時に、彼は見向きもしないんじゃないだろうか。

果たして自分は、心底女として愛されているのであろうか……などという悩みを、秋の夜長に延々と聞かされるわけだ。しかし彼女たちにもプライドがあり、

「お金が目あてじゃないかしら」

などということは言わない。こんなことを言ったらお終《しま》いであるからだ。

この反対のことを、私は男性に質問してみた。私の友人に、

「モテてモテて困る」

と豪語している独身の男がいる。東大法学部、アメリカの超名門大学大学院卒という、ピッカピッカのタイトル付きの男性であるが、外見はどう見ても今風とは言えない。街で出会ったら、ただのもっさりとしたおじさんであろう。

しかし私は彼の数多くの成果をこの目で見ている。先日もある若い女性を交じえて食事をしたところ、彼だけ彼女からお礼状をもらったのだ。かなり長いやつ。

「ねえ、そういうのって不思議に思わないワケ？　イヤにならない？　女は自分の肩書きにひかれてくるっていうことについてさ。自分がエリートじゃなくって、ただの男だったら、自分が好かれただろうかっていうことについて悩まないワケ？」

と聞いたら、

「どうして」

と不思議そうな顔をされてしまった。

「そんなこと、考えたこといっぺんもないよ。オレの友だちも皆そうだと思う」

つくづくわかったのであるが、高学歴であること、エリートであるということは、男の人の場合、もはや彼のパーソナリティの完全な一部となっているのである。背が高い、低い、瘦せている、太っているといった具合に、体を特徴づける血肉となっているらしい。

「そりゃあ、あたり前じゃないの。男にとってエリートになるということは、自分の歴史なんだからね。それを切り離して考えることが出来るはずないわよ」

とやはり秋の夜、お酒を飲みながら女友だちの一人は言う。

「それにひき替え、女のタイトル、地位や名声なんていうものは、まだ歴史が浅いからね。安定感がないわけよ。本人も違和感を感じて居心地が悪い。だから必要以上に意識しちゃうんでしょうねえ」

なるほど、だからそれをいじくりまわして、くどくどと悩むわけなんだ。

「あのね、今もって女にとっていちばん気持ちよくって、わかりやすく通用するタイトルっていうのは美貌なのよ」

「おお！」

私のため息。そういえば、美人だから私のことを愛してくれるんじゃないかしらと悩む女の話を、私も聞いたことがない。美貌こそ女の歴史であり、いちばんわかりやすいパーソナリティなのである。

通貨として簡単に取り引きされる。だから女優さんたちは、屈折なくああいう男性と結婚するのであろう。何が目的かはっきりとわかるような男性、例えば青年実業家、医者といった類の人たちである。まあ、どうでもいいといえばどうでもいい話であるが、私のまわりでも結局は美人とエリートが、やはり強気で生きているのだとしみじみと思う。

ところでエリートと呼ばれる男性について、私は最近いくつかの発見をした。久しぶりに日本に帰ってきたエリートと食事をしたのであるが、私は彼の顔が非常に変わっていることに大きな衝撃を受けたのである。若い頃はトレンディドラマの俳優レベルの、それはそれは可愛い顔をしていた。しかしこの若さで、すぐ人の上に立つ地位についた彼は、おそらく命令することに慣れてしまったのであろう。唇がひん曲がってしまっている。

よくエリートがする嫌な喋り方、

「そうは言ってもねえ！」

人を見下して蔑笑を浮かべ、しかし馬鹿丁寧な言葉を使うと、唇の片方がぐんと持ち上がるではないか。あのとおりの口元になってしまったことに私は驚いた。

「どんなにいい男も、エリートというのは口から崩れていく」

と私はしみじみとした感慨を持ったのである。

などと意地の悪い感想を持つ私も、若い頃は人並にエリートというものに憧れたことがあった。仕事柄知り合うチャンスも多かったし、今でもつき合う友人もいる。しかし向こうがこちらに関心を持たなかったからといって負け惜しみで言うわけではないが、エリートの寿命は短くはかない。もしも結婚して、えらい人の奥さんとしていい思いをしたとしても、せいぜい十年か十五年であろう。その後は、停年退職した口のひん曲がった、命令好きのおじさんと死ぬまで暮らすことになるのである。

「それはそれでいいじゃないの。それにある程度までいったら、〝天下り〟もあるし、第二の会社で相談役ということもあるのよ。私はやっぱりエリートがいいわ」

と言いはなつ友人がいる。

私のまわりでは数少ない美貌を誇る女性だ。

私はまだ甘かった。彼女はエリートに対して悩まず屈折していない。世の中には既にこういう女性たちもあまた出現しているのである。

それは仕事の成功と名声を手に入れ、しかも美人の女性たちである。こういう人はとにかく強い。麻雀で言えば二翻《リャンファン》ついたというところだろうか。御曹司で東大卒の男性と同じぐらい強く明るい。私は、「まいりました」となぜか頭を下げるのである。

——老けの行末——

「ハヤシさん、老けはひと晩で来ますよねえ……」

仲のいい編集者のA嬢が、ため息を漏らした。

「私の場合、この夏だったんですよ。ある日を境にガクッと来ました」

などと言っている彼女は三十代半ばであるが、独身のせいもあって年よりもずっと若く見える。パンツルックで髪をポニーテールにすると、二十代にも見えるぐらいだ。

老いというのは曲線ではなく、階段状になっている。あまり変化がない日が続いたと思うと、突然にさまざまなものが襲ってくる、というのは以前からの私の持論だ。この点、彼女と私の意見は一致する。が、一緒に温泉に来て湯上がりの彼女の素顔は、相変わらず少女のようだ。

「いやだ、ウソ、ウソ、ウソ。そんなことを言ってくれるのはハヤシさんだけですよ」

こうした時、本気で怒るから女は面白い。

「私が老けたのは自分でもわかります。私この頃〝老け〟恐怖症にかかってるんです。テレビを見ていて、ガクッと年とった女の人が出てくると、すぐにチャンネルを変えちゃいます」

試しにつけてみると、美人で有名なニュースキャスターが何か喋っている。心なしか口元の皺《しわ》が深くなったような気がする。

「ね、この人も来てるでしょう」

「なるほど」

またチャンネルを変えた。昔「いい女」の代表だった女優さんがいる。

「この人もひどいことになりましたよねえ……。私、こういうのを見てるとつらくって、つらくって……」

彼女は身を震わせた後、私の目をしっかりと見て言った。

「ねえ、ハヤシさん。一緒にリフティングしましょう、もうちょっとしたら必ずしましょうよ」

ちなみにリフティングというのは、皺を伸ばすための整形手術である。こめかみのあたりにメスを入れて縫い合わせる図が、よく「女性自身」の広告に出ている。アメリカ育ちのA嬢はこうした整形手術に全く抵抗はないらしい。

「でも私、やっぱりやめとくワ。あれするとみんな同じ顔になるんだもの。ほら、最近写真集を出した○○○と×××、全く同じ顔してたじゃないの」

などと余裕を見せていた私であるが、その次の日から悪夢のような体験をすることになる。

かなり疲れていたところに、ダイエットのため長らく禁止していたお酒を飲んでしまった。それもかなりの量だ。そうしたらどうだろう、手の甲に赤いブツブツが発生したのである。

「あ、ハヤシさん、これは湿疹《しっしん》ですよ。私と同じ症状です」

なぜか勝ち誇ったように言うA嬢であった。そのブツブツのおかげで、私の手の甲にはたるみが生じ、それが皺になっていく。「たちまち」とか「みるみるうちに」という表現がぴったりなほどの早さである。

「キャーッ」

車の中で私は悲鳴をあげた。ネオンのあかりに照らされた私の手は、まるで六十歳のお婆さんのようではないか。自慢じゃないが、私の手は本当に可愛かったのだ。真白でぽっちゃりとしていて、〝エクボ〟が四つあった。夫をはじめとする男の人には、

「ぽってりした手だなあ」

とえらく不評であるが、それと全く対照的に女性は私の手を必ず誉《ほ》め、羨しがってくれたものだ。握る人も中にはいる。

「まあ、なんて可愛い手なんでしょう。赤ちゃんの手みたいね」

私が密かに「レズビアン手」と呼んでいたそれが、見る間にどんどんと年をとっていく。まるでおとぎ話みたいだ。私は魔法にかかったんだろうか。悲劇はそれどころではない。湿疹は顔にも発生し始めたのだ。よせばいいのにパックの後、アイクリームを瞼《まぶた》の上に塗った。ひりひりしたかと思うと、たちまち腫《は》れ上がった。

いま鏡を見ると、私の瞼はたるみが皺となって四重になっている。本当にA嬢の言うとおり、「老けはひと晩で来た」のである。

どうしたらいいのだろうか、私はベッドに横たわって考える。どうやら階段をガクッと一段下がってしまったらしいのだ。もう上に戻ることは出来ない。それならそれでこの状態を受け容れるしかないではないか。

しかしなあ、エステへ行ったりと日々の努力が、何と湿疹で崩れるとは、私も油断してしまった。無念である。

そして私はある光景を思い出した。一ヵ月ほど前のことである。夜、青山の喫茶店で友人と会っていたところ、どやどやと十人ぐらいの女性が中に入ってきた。後から聞いたら、コム・デ・ギャルソンのコレクションの帰りということであった。そう言えばたいていのことは想像していただけるであろう。みんな中年、といっていい年頃の女性たちであるが、化粧をしていない。ひとりひとり見るとアヴァンギャルドな服装をして、とてもおしゃれな人たちなのである。

しかしはっきり言って、集団になるとちょっとこわかった。中に知り合いのスタイリストがいて軽く立ち話をしたのであるが、わずかの間に彼女も随分変わったような気がする。昔の中性的な魅力が薄くなり、とても元気のない印象を受けた。

「コム・デ・ギャルソンおばさんって、どうしてもそうなるのよ」

ファッションに詳しい友人が解説してくれた。

「ああいった服ってあんまりお化粧しないしねえ、しても素顔に近い感じでしょう。だからヘタするとちょっとコワい感じになってしまうかもしれないわねえ」

私のように普通の格好をしている女にも、流行の先端をいく女にも、老けは平等にやってくる。リフティングをしないまでも、アイラインを入れ華やいだ格好をして老けに立ち向かうか、それともコム・デやワイズを着て、老けを無造作にさりげなく受け容れ、気にしないふりをするか。思案の分かれるところである。

こんなことばかり考えて、冬の一日は仕事がはかどらぬ。

イジメと自殺

イジメが話題になったとたん、鍋を真中においた会食は急にしんみりしたものになってしまった。

中学生の頃、一部の男の子に徹底的にイジメられたことがあると私が言うと、「実は僕も！」と前に座っていた若い男性が言う。

「小学生の頃だったけど、毎日保健室へ逃げていました。そうじゃなかったらとても耐えられなかったもの」

「それでどうしたの」

「親に言ったら絶対に私立へ行けって言われて、それで中学から受験しました」

名門私立へ進み、その後エリートコースに乗っかる彼などはまことに幸運な例と言わなければならないが、

「それでも受けた心の傷っていうのは忘れませんよね」

もう二十年以上も前のことなのに彼はきっと唇を噛む。これほど怖く暗い顔を初めて見たと思った。

イジメを苦に中学生が自殺した今度の事件の論調で非常に多いのが、

「どうして親に言わなかったのか」

という疑問である。これは私は多少わかるような気がする。学校でイジメられたりひどい仕打ちに遭《あ》ったことは、非現実のものとして自分の心の中で位置づけたいと子どもは思う。

「ただいま」と言って帰る家庭こそ現実のものだ。その中で子どもは癒《いや》される。家庭が安らぎの場所であればあるほど、そこを守りたいと子どもは願うはずだ。イジメの問題を家庭に持ち込むことは、そこが汚れることであり、現実と非現実とが灰色の嫌な感じに混ざってしまうことである。逃れる場がなくなってしまう。現実と非現実との間に厚い壁を置き、そこはきっぱり遮断したいと思う。だから子どもはイジメのことを家庭で言わないのだ。

それに彼らにも見栄や誇りというものがある。自分のみじめな姿を家族に知られたくないと思う。そこで登場する唯一の司法の手が教師なのであるが、これまたあてにならないのだ。

子どもというのは非常に敏感なものだ。担任の教師がほんのわずかでも、被害者の子

どもを迷惑がり、

「やっかいなもんを背負い込んじゃったなあ」

と思おうものなら加害者の子はすぐつけ上がるのだ。

私の担任教師はそのきらいがあった。神経質な音楽教師であったが、どうも彼は私のことを持て余していたらしい。

今でも思い出す光景がある。初雪が降った冬の日だ。水飲み場で落ちてくる雪を見ていたら、どういう味をしているか知りたくなってきた。それで口を大きく開け、上を向いてじっと立っていたのであるが、それを窓から担任の教師が目撃していたらしい。

「なんてみっともないことをするんだ。だからお前は駄目なんだ」

と激しく叱責され、私は涙ぐんでしまったものだ。どうも先生にキラわれているらしいという思いは、イジメられるのと同じぐらい私の心を刺したものだ。

先生がそんなもんだから、悪ガキたちはさらにいい気になる。他のコたちまでも尻馬に乗り始めた。

「イジメっていうのは、中国の文化大革命と同じですからね。やる側にいち早くまわらないと、すぐやられる側にされちゃいますから」

と私が言うと、なるほどねえという声があがった。

これは過激な意見として非難されそうであるが、イジメに遭っている子どもは一回ぐらい校内暴力に走ったらどうであろうか。被害者の子どもというのは、たいていがおとなしいナイーブな性格を持つ。それでナメられてしまうわけであるが、一度ぐらいは狂気を見せてやるのも悪くない。ひどいことをされる、担任も逃げまわっているという憤りを爆発させるのだ。

暴力といっても、窓ガラスの数枚ぐらいを割ればよい。そのかわりやる時は、皆の見ている前で徹底的にパフォーマンスとしてやる。ミドルティーンにとって、実は「普通の人間の狂気」ぐらい怖ろしいものはないのだ。彼らに立ち向かうことは体力的に無理でも、椅子を振り上げて窓ガラスを壊すことぐらいは出来るであろう。この時、獣のような叫びを上げると効果的ではないかと思う。学校が何もしてくれないとわかったら、このくらいのことはすべきである。

またこれは結果論に過ぎぬかもしれぬが、イジメられている子どもに「新規蒔《ま》き直し」という言葉を教えてやりたい。人生は何度でもやり直しがきく、ということをぼんやりとでも感じさせてやれたらと思う。

私は最近わかったのであるが、世の中でちょっと面白い仕事をしている者の中に、昔イジメに遭っていた人は多い。やはりちょっと変わったところがあったのであろうか。そうでなかったら登校拒否だ。私のまわりに学校を中退したという者は結構いる。十三、十四歳の時なんて、ほんの一瞬なのだから、どんなことをしてもやり過ごせばよかったのだ。そうすれば未来が待っていたのにと、死んだ子どもに言ってみたいとせんないことを考える。

私は考え抜いた末、イジメっ子と一緒にならないようにワンランク上の進学校へ無理して進んだ。彼らは商業高校や工業高校へ行き、もう二度と出会わなかった。高校で出会ったのは新しい友だちと先生である。前の音楽教師と違い、今度の担任はいかつい体育教師であった。この先生がとても私のことを面白がり、可愛がってくれて私の学校生活はいっぺんにバラ色に変わる。なにしろ学校へ行くのが楽しみで楽しみで、毎朝七時半には登校したぐらいなのだ。

テレビ局から「同窓生紀行」という、年末の特別番組出演を依頼された。母校の高校を訪ねてくれというのだ。そんなわけであさって山梨へ行く。懐かしい楽しい顔と再会することになるだろう。

十三、十四歳も一瞬のうちだが、十七、十八歳というのもあっという間に過ぎる。目がまわりそうな早さであるが、子どもの頃時間は確かにゆっくりとまわっていた。悲しみも苦しみも永久に続くと思っていたが、それは大きな間違いだと気づく頃には、人は大人になっている。

という原稿を送ったら、真夜中ファクシミリが届いた。この連載の担当編集者からである。彼も中学生の頃イジメに遭い、早く大人になりたいと泣きながら帰ったそうだ。

イジメられることは珍しいことでも恥ずかしいことでもないと、誰かあのコたちに伝えて欲しい。

―メロンの話―

いつも定期的に手紙をくださる神戸の読者がいる。

今回の大震災も家族全員無事でした、というホッとする便りが届いた。

「林さんは信じないかもしれないけど」

という前置きがあり、

「私のまわりでは、信じられないような出来ごとがいっぱい起こっています」

と記されている。

地震が起こる少し前、近所の奥さんがデパートに買物に行ったそうだ。前から欲しくてたまらなかったコートがバーゲンで、八万円になっていた。それを包んでもらい、大喜びで帰ろうとしたところ、

「カエセ、カエセ」

と耳元で声がしたという。あたりに人はいない。気味悪くなってレジに戻り、現金で

八万円を返してもらった。

「何か近々入り用のことが起こるっていう、ご先祖さまの声かもしれない」

と近所の立ち話で笑っていたところ、二日後にあの大地震である。偶然まだ手元にあった八万円は、あっという間に食糧に変わったそうだ。いつも行く銀行は休業となり、あの現金が無かったらどうしようもなかったと、その奥さんは言っているという。

「また眠っている最中『オキロ、オキロ』という声でとび起きたところ、頭のところにタンスが倒れてきた人がいます。あのまま眠っていたら、間違いなく死んでいたそうです」

という話も綴られている。そういう彼女の家は、倒壊は免れたものの、コレクションしていた外国製のグラスや皿、高価なものがことごとく砕け散ったということだ。

「けれども私は、少しも惜しいとは思いませんでした。自分にいちばん大切なものが何か、ということがつくづくわかったから、食器なんか失《な》くなっても平気です。家族さえ居てくれれば、何もいらないんです」

と手紙は締めくくられている。

テレビのインタビューを見ていても、こういうことを言う人は多い。物質などというものは、いつかは消えていく空しいもの。それにひきかえ、家族という心のよりどころは強固なものであるという価値観は、神戸から遠く離れた東京の女性たちにも波及しているような気がして仕方ない。

家族を失くした方も多いのに不謹慎と言われそうであるが、近い将来結婚ブームが起こるのではないかというのが私の予想である。

ところでつい先日、商社に勤めている親戚の女の子と昼ごはんを食べた。お友だちを誘ってもいいわよ、と言ったところ、同期の男の子を連れてきた。彼のことをよく彼女は話していたものである。

「あのね、すっごいハンサムなの。東大に行ってた時、バイトでドラマに出たこともあるんだよ。卒業する時、俳優になろうか、商社マンになろうかって迷ったんだって。だけどテレビ局の人に、君は才能がないって言われて、商社マンになったんだって」

このテの男の子に以前会ったことがあるぞ。ニュースキャスターの宮崎緑さんに、とても素敵な弟さんがいるのをご存じであろうか。私はお姉さんにお目にかかるよりずっと前に、弟さんの方とお近づきになったのであるが、当時大蔵省に入省したばかりの初々しい青年であった。今はどうだかわからないが、ピンクのワイシャツにサスペンダーなどして、おしゃれでセンスがいい。もちろんお姉さん似のハンサムである。

東大在学中はロックバンドを結成していて、一時は本気でそちらの道へ進もうかと考えたと言う。

「だけど僕にはプロになる才能がなかったので、大蔵省に入りました」

なんて、言うことがカッコいい。

俳優志望だった商社マンの青年もそうであるが、ピッカピカの極上品という感じである。あまりの完成度に、眺めているこちらの方が照れて目を伏せてしまう。美男子のうえにエリート。育ちもよくて屈託というものがない。私がよく使う表現であるが、千疋屋のショウウインドウに飾ってある桐箱入りのメロンという雰囲気である。

女の子だったら、誰もが欲しいと渇望するだろうなあ。それとも自分には縁がないものと、足早に前を通り過ぎるのであろうか。どういう女性が、あのメロンを手に入れるか知りたいものである。

などと私がつらつら考えるようになったのは、世の中の女がいかにエリートというものに弱いか、この頃やたら見聞きするからだ。桐箱入りのメロンは、そうめったに店頭に並ぶものではない。メロンという名がついていても、小汚なかったり、形がいじけたりしているものも山のようにある。が、メロンならそれでもよいという女たちの何と多いことであろうか。「トーダイ」「ショウシャマン」「オークラショー」と聞いただけで、体がくねくねしてしまう女がいる。

私ももちろん嫌いではないが、年の功でメロンにもいろいろあると知った。汁気のないひからびたものは、決して食べたいとは思わない。けれども女の子たちは、みずみずしい柿には見向きもせず、メロンと名がつけばそれでいいと考えているようだ。

そして私はわかった。恋というものはふつう対象物があり、それと反応し合うことにより、感情が上下していく。相手が嫌な面を見せれば、昂《たか》ぶったものは当然下がっていく。が、記号に恋している限りこういう心配はない。記号は変化しない。記号は裏切ることもない。男を見ずに記号を見ている限り、女の恋心というものは決して冷めていくことがないのである。有機物ではなく、無機物に恋をしている女はびくともしないのだ。

男友だちの一人に超エリートがいるが、私は彼に会うたびにいつも怒られる。口のき方が悪い、よそ見をし過ぎるというのだ。

「○○は××だ、なんていう言い方は女らしくない。○○は××じゃないかしら、っていう言い方が出来ないのか」

この男の人にはたえず恋人がいて、女性には不自由していないようである。私は彼と会うたびに、多くの女性はメロンを食べるためにいかに努力しているか、ということを知るのである。

ま、いいか。結婚して手に入れた大きなものは、私の場合、傍観者となれた喜びである。

――恥ずかしいこと――

　恥ずかしさの基準は、人によってまちまちである。

　つい先日のこと、例によってオクタニさんとごはんを食べていた。町の小さなイタリア料理店で、コーヒーも入れて千二百円というディナーセットである。

「これじゃ足りないわ。私、追加オーダーしようっと」

　オクタニさんはそう言って、ウェイターを呼ぼうとした。が、気のきかないアルバイト風の男の子は、カウンターの前に立ち、あらぬ方向を見ている。

「ちょっとー、すいませーん」

　オクタニさんの大声に、こちらの方を向こうともしない。すると彼女、何をしたと思います？　やおら両の手を肩の上まで持ち上げ、パンパンと叩いたのである。私は狼狽のあまり、ごっくんと唾《つば》を呑み込んだ。

「ちょっと、オクタニさん、やめてよ」

いくらシケた店とはいえ、一応ここはイタリアンレストランである。両手パンパンはあんまりだ。

「あら、いけないかしら」

オクタニさんはシレッとしたものである。

「私って、普段料亭ばっかり行ってるから、ついこういう動作をしちゃうのよね」

このあいだも二人でうどんを食べていたら、この人は店員をテーブルに呼びつけて勘定を払おうとし、

「レジでお願いします」

とむっとされたばかりだ。ひと頃〝おやじギャル〟という言葉が流行ったが、オクタニさんはまさに〝おやじおばさん〟ではないだろうか。

私は未だにあの〝両手パンパン〟の光景を思い出し、ひとり赤くなる。

そのイタリアンレストラン事件から十日後、私は西武池袋線に乗っていた。その日は統一地方選挙の投票日で、埼玉に近いある町でも、市長と市議会議員が決まる。

このところ地方選挙をテーマに小説を書いている私は、何人かの候補の方を取材させていただいていた。当確が決まる日、例の万歳風景を見るべく再びその町に向かっていたのだ。

やはり手ぶらで行くわけにいかないだろうなあと思い、デパートの酒売場へ向かった。

「菊姫」の大吟醸を購入し、それを持って西武線に乗った。当選祝いというやつだ。

日曜の夕方の電車は、六分ぐらいの混みようで席はほとんど埋まっている。吊り革につかまった私は、一升瓶の箱を網棚に置こうとしたのであるが、女の手には重たい。足元に置いたところ、電車の振動でぐらりと揺れる。仕方なく、私はミニスカートの両足で一升瓶の箱をはさみ込み、本を読み始めた。

が、しばらくして本から目を上げると、何となくあたりの視線を感じる。前に座っていた中年女性たちが呆れたようにこちらを見ているではないか……。

というようなことを次の日話したら、皆は、よくそんなみっともないことが出来たものだと非難するように私を見る。秘書のハタケヤマ嬢は、哀れむように言った。

「ハヤシさん、そんなことして恥ずかしいと思いませんか」

が、他に道がなかったのだと私は言いたい。一升瓶は重く、カサ高く、しかも揺れ、私はどうしても読みたい本があった。とはいうものの、これもオクタニさんの「両手パンパン」とそう変わらないことかもしれない。

人は誰でも年を経るに従って、知らず知らずのうちに面《つら》の皮が厚くなっていく。「恥ずかしさ」の基準のバーも、次第に高いところに置かれていくようである。

子どもの頃、若い頃、「死ぬほど恥ずかしいこと」は山のように起こった。今でも思い出すたびに、ギャーッと悲鳴を上げたくなるようなことだ。が、大人になるとそこまで「恥ずかしいこと」というのはほとんど起こらなくなる。こちらの面の皮がやたら厚くなるのと、用心深くなるせいだ。

だが私は十年ぶりぐらいで、それに遭遇したのである。

お金を下ろそうと、青山通りの銀行に入った。ところがお給料日直後とあって、ロビーには長い行列が出来ている。引き返そうと思ったのであるが、途中で買いたいものがあり、行列に加わった。その行列はいわゆる蛇行というやつで、二回くねるようになっている。行列が進み、その曲がり角に来た時のことだ。ひょいと目をやると、やけに人が少ない機械がある。

「お引き出し専用」というサインがある機械の前は、わずか三、四人がいるだけだ。なんだあちら側にいけばいいんだと頷いたものの、私の後ろには既に人がびっしり並び、ロープに遮られて途中で脱け出すのは不可能になっている。が、私のももに触れるものがある。ロープが垂れ下がったポールである。少々ためらったが、それをまたぐことにした。

しかし、私は甘かった。自分の足の長さ、体重、運動神経を計算出来なかったのである。

まず左足をロープの上にかかげ着地した。次に右足をと思った瞬間、私の体はいきなり床に投げ出された。たちまち起こる大音響。ポールは次々に倒れ、ものすごい音をたてる。ようやく起き上がったものの、私のハンドバッグと財布はロビーの向こう側にはじき飛ばされていた。人々はワーッと声を上げるわ、ガードマンは走ってくるわの大騒ぎとなった。親切な女性がバッグと財布を拾ってくれて、

「大丈夫ですか」

と顔をのぞき込んだ。

「すいません、すいません」

を繰り返す私は、半分泣き、半分笑っていたと記憶している。

この話をすると、赤くなるのは相手の方だ。ある男性は、

「よくその場で舌を嚙み切って死ななかったね」

と感心したように言う。

「大人になると転ぶなんていうことはまずないよな。オレだったら一生立ち直れないな」

それからあの銀行には二度と足を踏み入れていない。が、死ぬほどの恥ずかしさと共に、かすかな懐かしさをおぼえるのはどうしてだろうか。まだ自分の心と体が、未完成であった、失敗する余地が十分残されていたことを知ったからであろうか。十年ぶりの「死ぬほど恥ずかしいこと」である。

―トイレの苦悩―

今でこそ皆、田舎の詐欺師だの、下品なペテン師だの言っているが、もしかすると、ひょっとするかもしれないと思った時期が全く無いとは言わせない。

あれは四年前、あの人が「朝まで生テレビ！」に出演し、宗教論争を戦わせていた時のことだ。私は途中で睡《ねむ》くなり寝てしまったのであるが、見た友人たちは口々に、

「麻原彰晃はなかなかやるよ」

と言ったものだ。彼と会った人からは、

「確かに超能力は備わっている。オウムというのは、これから面白い宗教になるかもしれない」

という答えが返ってきた。若者向けの雑誌も、当時はオウム寄りの記事を書いたりしている。あの荒唐無稽さがちょっとしたトレンドの流れに乗ったところは確かにあったのだ。

いや、いや、そんな過去のことを言っても始まらない。オウム真理教が、急激にある日を境に狂い始めたというのは、多くの人たちが指摘することだ。麻原という男の人間性も露呈されることとなった。教祖らしく、弟子を従えて山頂、もしくはサティアンの屋根の上に立つ、などということを密かに期待していたのであるが、なんと隠し部屋にひそんでいたという。全く情けないではないか。

考えるだにおぞましい光景だ。おぞましいついでに想像してしまうのであるが、隠れていた際、トイレはどうしていたんだろうか。アヒルならぬオウムのお丸を用意していたんだろうか。あの汚いおじさんの毛髪やお風呂の残り湯を、ありがたがって飲んだ人たちもいるらしいが、まさかそっちの方は触れなかっただろうなあ。

などということをいろいろ考えるのは、この何日か私がそちら方面で苦労したからである。

一年ぶりに人間ドックへ行った。毎年のことであるが、私はその一週間前、気分が暗くなる。なぜなら大腸の内視鏡検査がメニューの中に加えられているからだ。やったことのない人にこれを説明すると、たいていの人は、

「ギャ〜〜ッ」

とのけぞる。そのくらいすごいものなんだから。下から長い長い管を通し、カメラで腸の粘膜を調べていく。その前に強い下剤を飲まされ、浣腸をされて腸の中を空っぽに

するわけだ。終わった後はぐったりと疲れ果ててしまう。家に帰って計ったら、体重が一キロも減っていた。それだったらどうして、内視鏡検査の直前に、体重測定をやってくれないのだろうかと、本当に口惜しい。

そして次の日は胃のレントゲンのためにバリウムをいっぱい飲まされる。この時同時に貰う飲料の中に、下剤のようなものが入っているらしい。

よせばいいのに、その夜、人間ドックが終わった嬉しさのまま、皆でレストランへ出かけた。そこで私の死ぬような苦しみが始まったのである……。

などということをこれ以上、詳しく書くと、大ひんしゅくを買いそうなので、やめておこう。

ただひとつ言えることは、トイレに関して、女は大小のトラブルがつきものだということである。そのために予定を変えて、家に帰ってしまうことなどしょっちゅうだ。まず小さなトラブルとしては、ハンカチをうっかり忘れてしまう、ということもある。それが人がいないトイレならどうということもないが（あるか？）、困ってしまうのが、ずらりと順番を待つ人が行列している時である。個室から出て、鏡の前に立つ。鏡にも待っている女たちの顔が何人も映っている。バッグを開ける、ハンカチがない。皆が見ている。

こういう時の女の対処の仕方はひとつしかない。濡れた掌で、髪を撫でつけることである。私が観察した結果によると、十人中十人がこれをやる。つまり、髪を水気で整える目的のために、あえてハンカチを使わなかったのだ、というポーズをとるためだ。

まあ、こんなのはどうということもない。さらなる不幸な出来ごとは、トイレにおいて幾つも待ち構えているのだ。

何気なく、いつもの習慣で水を流す。音を消すためだ。すると次の本番の水が出てこなくなる。いわゆるタンク式というやつだ。

レバーを何度押しても出ない。心を落ち着け、水が少しタンクに貯まるまで待つことにする。しばらく瞑想にふける。トイレの小窓から外を眺めたりする。隣りのビルの換気扇から聞こえてくる、カラオケの音がなんともわびしいひとときである。野良ネコが桟の上を通っていく。

たった一人、世の中からとり残されたような気がする。

そろそろいい頃だろうと、レバーを押す。が、今度はチョロチョロと中途半端な水量が出てくる。またイチからやり直しだと、うずくまりたくなるような思いにかられる。

それならば資源節約のためにも、消音に一回流すのはやめろと知恵者は言うであろう。

しかしこうした旧式のタンク式に限って、小さなバーやスナックの片隅にあり、男女兼用のことがほとんどだ。

トイレットペーパーを完全に流せたわけではないが、途中で諦めて席に戻る。すると

男の人の中に必ず、

「随分長いトイレだな。大きいのをしてきただろ」

と言う人がいて、私は青ざめる。こういう誤解は、いったいどうやって晴らしたらいいのだろう。

長い苦労と経験の末、私はトイレをちらっと見ただけで、二度流しが可能かどうかわかるようになってきた。危なそうなところは、絶対に音消しはしない。もし外に聞こえたとしても、こういうトイレをつくった店がいけないのだと居直ることにした。

つい先日のこと、有名フランス料理店へ出かけた。そこのトイレの美しいことといったら、うちの居間にしたいぐらいだ。

女性用トイレは他に人がいなかったので、当然のことながら音消しを省略した。ところが豪華な陶製の便器は、やけに音が響くのだ。それをたまたま隣りの男性用トイレにいた夫が聞いていたらしい。

「君イ、最初に流さなかっただろ。行儀の悪いヤツ、サイテー」

と責められた。いつだってトイレでの女を苦しめ、悩ませるのはこうした男の詮索と暴言なのである。

「マディソン郡の橋」

あんなに皆が泣く映画は久しぶりだ。

いま話題の「マディソン郡の橋」である。マリオンの映画館ということもあり、覚悟していたのであるが、予想以上の混みようであった。仕方なく、指定席をフンパツしようとしたら、全席売り切れである。なんと次の日の指定席を買うハメになった。

メリル・ストリープが、例によって、あざといぐらいうまい演技をやっている。彼女ぐらいになると、体型から顔まで変えてしまうからすごい。最初出てくる時は、太い腰まわりの、もっさりした農家のおばさんなのであるが、みるみるうちに魅惑的にこってりしてくる。別人のように美しい女に変身するのだ。

そして四日間の不倫の時が終わり、男は彼女の元を去っていく。

「ついてきてくれ。二人で新しい世界を始めよう」

という男と、

「やはり家族を捨てることは出来ない」

と諦める女。このあたりにくると、席のあちこちからすすり泣きが起こる。

そして極めつけは、老いて死んでいったメリル・ストリープの遺書であろう。

「私の一生は家族のために捧げました。だから死んだ後は、私は彼のものです」

もう我慢出来ないワ、というように後ろの席の女性が鼻をずるずるさせる。

あかりがついて立ち上がると、場内にこれほどたくさんいたのかと驚くほどの中年女性が、ハンカチを手にしている最中であった。

「そうよ、そうなのよ」

私より先に映画を見ていた友人が言う。彼女は仕事と家族を持つ女性だ。

「あれを見ると、もういっぺん恋をしたいと思うわ。夫と子どものためにだけ生きてきた、私の人生って何だろうって考えて、ワンワン泣いちゃったの」

その時、私はふうーんと、ある感慨に浸ったものだ。

最近、私は某週刊誌で若い女優さんと対談した。彼女は不倫で騒がれている最中であるが、かなり率直にいろいろ語ってくれた。その勝気な愛らしさと正直さに私はすっかり彼女のファンになってしまったのであるが、次の週の女性週刊誌を見て息を呑んだ。我々の対談が無断であちこち使われているばかりでなく、彼女の正直さを極端にねじ曲げているのだ。

「居直り」とか「宣戦布告」などという見出しがつき、完全に悪者扱いである。どうやら彼女を「主婦の敵」に仕立てようとしているらしい。

「マディソン郡の橋」を見て、涙を流す。自分もこんな恋をしてみたいと憧れる。自分だって夫や子どものことを忘れ、人を愛する権利はあるんだワと思う。だってその恋は決して不倫なんかじゃなくて、崇高な運命的なものなんだもの……と考える。

けれども、夫がする恋は絶対に許せない。相手の女性のことは「泥棒猫」だとか、「人の亭主を盗《と》った」とか罵《ののし》る。

「マディソン郡の橋」を見る女たちは、メリル・ストリープを自分に置き替えて泣くのであろうが、彼女の立場を自分の夫に置き替えて考えることはまずないであろう。

「自分の一生は妻と子どものために捧げた。だから死んだ後は君のものになりたい」と男が妻以外の女性につぶやくシーンに、寛容になれるであろうか。松田聖子にはあれほどの拍手をおくる主婦たちが、未だに「不倫」という文字には過剰に反応する。男側に対しては、やけに道徳的になるのである。

ところで話が突然変わるようであるが、とても面白い小説を読んだ。今月の「別冊文藝春秋」(二一三号)に掲載されている東郷隆《りゅう》さんの「学生」という小説である。

酒場勤めのある女が、蓮っ葉な口調で昔のことを喋り始める。十四歳になったばかりの秋の思い出だ。

「あん時はよく雨が降ったっけ。あたしたちは濡れた道を歩いて、狩野川《かのがわ》沿いに下田へ向っていた」

甲府生まれで大島育ちの彼女は、兄夫婦らと一座を組んで、天城峠を越えようとする。といったら、もうおわかりであろう。これは川端康成の名作「伊豆の踊子」を、踊り子側から見つめた小説なのである。

川端康成の小説によると、主人公の一高生は、生まれて初めて他人の善意を素直に受け取ることが出来た。そしてその透明になった心の象徴が、可憐な踊り子の少女なのであるが、この東郷版「伊豆の踊子」によると、

「もう嫌なの。あの学生さんと一緒に旅するのが」

と女たちは騒ぎ出す。あの気味が悪い大きな目で見つめられると、生気が抜き取られるようにぞっとするというのだ。十四歳の踊り子は、かなりのすれっからしの女の子で、最初は学生を面白がってからかっているのであるが、彼女も次第に同行することに耐えられなくなる。そして皆でうまく一高生をまいて、早々に港から送り出すのだ。

こんな風な小説を読んだのは初めてであったので、虚をつかれたような気持ちになった。そしてなるほどなと思う。

日本人だったらほとんどの人が、いっぺんは読んでいるに違いない名作であるが、小説であるからして、作家の目から構成してあるのはいたしかたない。一人の目で見てい

るために、善意も悪意も、彼の判断にまかされている。東郷隆氏は、この当然であると考えられていた部分を、ひっくり返そうとしたのである。

そして私は、十四歳の踊り子の立場になって再び考えてみる。一高生の道連れが出来たのはちょっぴり嬉しかったかもしれないが、若き日の川端康成のような学生だとしたら、相手は腺病質の、ぴりぴりするような感性の持ち主であったろう。途中でしんどくなっても不思議ではない。

「この男、うざったいなあ」

と思春期独得の意地悪さにとらわれたことだってあったろう。

ものごとというのは、一方的に見てはいけないとあらためて思った。自分だけの目で見て、自分だけの感情に酔うということを、とかく女はしてしまう。

隣りにいる、くたびれて疲れきった夫が、恋をしていないとは誰も言えない。彼も心のどこかでいつも、

「家族のために働いてきた、自分の人生とは何なんだろう」

と自問自答しているかもしれない。

よっぽどひどいことをしない限り、夫婦生活に加害者もなければ、被害者もないのだ。女も男もみんなさみしいんだ。

踊って歌って大合戦

1996〜

――キムタクとバトラー――

仲のいい友人から電話がかかってきた。

「東京ドームのSMAPのチケット、やっとのことで二枚取れたから一緒に行かない」

私は大喜びでOKした。その時代の超人気者を、出来るだけ生で見るというのが私のモットーである。とはいうものの、最近のコンサートはとても年増《としま》が行ける場所ではない。観客が総立ちで踊りながら見ている。体力、気力、ならびにノリのよさがなければ、人気者たちと空気を共にすることは出来ないのだ。

といっても、やはりSMAPのコンサートというのは、心が揺り動かされる。キムタクの生、略して生キムというのをやはりこの目で見たいではないか。

「えー、SMAPのコンサート！　きみたちみたいな保護者の年齢の人は、行かない方がいいんじゃないの」

夫から忠告をうけたが、それを無視して東京ドームへと向かう。

待ち合わせの場所へ行って驚いた。花柄のスカートにソックスと、友人はものすごい若づくりなのである。

「若いコの中に入っても、違和感がないようにしたの」

ということであるが、若いコというのは遠くから見ても体型が違う、姿勢が違う、何より発せられる体温が違うのである。みんな手づくりのＳＭＡＰうちわを手にしていて、グッズにも凝っているぞ。友人が頑張ってくれたおかげで、アリーナのわりと前の方の席に座ることが出来たが、ここはもちろん熱狂的ファンが陣取るところである。彼らが舞台に登場するやいなや、大歓声が上がり、いっせいに女の子たちは立ち上がる。

観ている者にもちゃんと曲に合わせたふりがあり、手つきまで決まっているようだ。

それにしてもキムタクというのは、ものすごいフェロモンを発している青年である。ちょっとしたしぐさ、視線、言動のセクシーで決まっていることといったら、大人の私たちでも頭がクラクラしそうなのだ。

最後にメンバーのひとりひとりが挨拶する。他のコたちは、

「夏休み、元気でね。今日はどうもありがとう」

といった調子なのであるが、キムタクは違う。ちょっと上目遣いになり、そして照れくさそうな無造作な口調でこう言う。

「今日のみんな、むちゃくちゃキレイだった……」

ヒィーッと少女たちは絶叫をあげる。まだ若いくせに、なんと女の心を摑むのがうまいのであろうか。乱暴さと優しさの絶妙な加減がすごい。彼はこのひと言で、いっきにドームにいる五万数千人の少女と、何人かのおばさんたちを妄想の世界へと連れ込んだのである。

次の日は宝塚月組公演を観る。ＳＭＡＰと宝塚というのは、一見両極をなしているようであるが、実はとてもよく似ている。どちらも少女たちに非日常の甘い夢を与えなくてはならない。そのために舞台に立った男性、あるいは男役たちは現実の男たちよりもはるかに素敵でカッコいいことが大切な条件である。

最近宝塚の女優さんたちにお会いする機会が多いのだが、彼女たちはこれぞと思う男優のビデオを繰り返し観ては、そのエッセンスを盗むのだそうだ。

私は宝塚ファンとしてはまことに初心者で、えらそうにあれこれ言える立場ではないのであるが、最近毎月舞台を見ていてひとつわかったことがある。宝塚の舞台の非常に大きな、いやもしかするといちばん大きな魅力というのは、燕尾《えんび》服を着た男役たちが踊るあの時ではないだろうか。どういう仕立てになっているのかわからないが、男役たちが踊るたびに上着の裾が実に美しくなびく。長くすらりとした足を強調していく。

あそこでは女たちをうっとりさせる、美しい男たちの群舞が繰り広げられているのだ。

そう、いい男というのは、群《むれ》をなしてこそさらに精彩をはなつ。見た目がよいオスというのは、絶対にグループでいるべきなのだ。

もちろん中年とか、初老になってくると一人が素敵であるが、若いうちは違う。女の子だったら記憶にあることであろう、中学校、高校時代、あの男の子たちのグループにさんざん胸をかきみだされたことをだ。

人気や力のある男の子というのは、自然とツルむものである。秀才の男の子たちは教室の真中で固まり、スポーツマンの男の子たちはグラウンドで固まっていたっけ。マネージャーでもなんでもいい、あの男の子たちのグループに入りたいとどれほど熱望したであろうか。SMAPや宝塚の群舞を見ていると、あの甘酸っぱい記憶が甦《よみがえ》ってくるのだ。それは今の女の子にも共通した願いに違いない。願いとは、あるレベル以上の男の子の集まりに、自分だけが混ぜてもらう快感を味わうことだ。

さてSMAPのコンサートの帰り、私と友人は原宿のオープンカフェで、熱っぽく男性論を戦わせた。友人が言うには、男はセクシーでなければ何の価値もないという。キムタクのような男性は、そこらにいるはずがないが、やっぱりどこか似たところを持つ男性と結婚したいそうだ。

「チ、チ、チ」

私は外国人っぽくひとさし指を振って彼女の言葉を制した。

「あなたって、やっぱり男のことを何もわかってないのね」

この三、四年というもの、私は男の人の趣味が著しく変わった。女性雑誌の「抱かれたい男」のベスト10に出てくるような男に、興味を持てなくなったのである。先ほどの話と矛盾するようであるが、見るからに男っぽくセクシーで、うんとハンサムという男など、実はつまらないものだ。

本当の男の醍醐味というのは、平凡な外見の、スーツを着た男たちによって味わえるというのが私の持論である。最近私はマーガレット・ミッチェルの日本語版伝記のお手伝いをしたのであるが、本当に色っぽくていい男というのは、レット・バトラーではなく、端正なアシュレーであったという結論を出さざるを得ない。

「いかにも女を抱きそうな男じゃなくて、そんなことをしそうもない男と、そういうことをするところに、女としての本当の楽しさがあるんじゃないかしらん」

キムタクから、ここまで話が拡がるのも年増ならではの楽しさ、年の功というやつである。

長い夜

秋の夜はどうして長く感じるのであろうか。

早く陽が落ちるということ以上に、時間のスピードが夏に比べてずっとゆっくりとなっているような気がする。騒音も遠いものとなり、テレビ番組も喋りのトーンを落としているかのようだ。

こうした秋の夜にオペラだ、コンサートだ、会食だと毎晩のように出かけていたら、夫からクレームがついた。

「少しは家でじっとしていることが出来ないのか」

夕飯の用意はしていくし、そうでなかったら夫の帰ってくる時間までには〝滑り込みセーフ〟で、家に戻ってくる。が、これも気に入らないらしい。

私はこう反撃する。

「家に帰ってきたって、あなたはパソコンの画面しか見てないじゃん。別に私が居なくたっていいんじゃないの」

が、夫にすると、やっぱり横に居て、時々はお茶を淹《い》れてくれる人間が居ないと不愉快なのだそうだ。しかし居たら居たでうるさいと怒られて、

「もう自分の部屋に行ったらどうだ」

と言われ、居なきゃ居ないで怒られる。

夫いわく、とにかく家に居て、必要に応じて部屋から出てくる状態がいちばん望ましいのだそうだ。私しゃ時計のカラクリ人形か。

というわけで、このところ（といってもこの二日ぐらいであるが）私は外出しないようにしている。別に夫の圧力に屈したわけではない。どうしても連絡しにくい友人がいて、国際電話をかけなくてはならないからだ。ヨーロッパに住む彼がオフィスにいる時間帯は、こちらの夕方である。

ところが毎日のようにかけているのであるが、ずっと彼は留守なのだ。そのたびに外国人の秘書が出てきて、

「彼はミーティング中である」

「今外出していて、当分帰ってこない」

などということを英語で言う。ごく簡単な会話なのであるが、私はこれでどっと疲れてしまうの。国際電話をかけるということでまず緊張しているのに、さらに英語が追い

うちをかける。

だから〝口直し〟といってはナンであるが、国際電話で気を遣った後は、気のおけない女友だちと国内電話をするのが楽しい。たいていはくだらぬ噂話であるが、やはりこれをしないと落ち着かない。

ところが最近、私はあることに気づいた。この秋、電話をかけづらくなった女友だちが増えたのだ。男の人たちよりいくらか遅れてはいるが、昇進の世代に入り管理職になった友人が何人もいる。こういう人たちは夜遅くまで会社で仕事をしたり、夜の街で打ち合わせをしたりしているのが現実だ。もちろん職場に電話をしてもいいのだが、くだらぬ話をするのがどうもはばかられる。

それでは他の女友だちはどうかというと、これまた不思議なことにみんな恋の季節なのである。うちのメスネコと一緒。

人妻の私は指をくわえて聞くしかない。とても口惜しい。若い時はこれからの参考のつもりもあったし、自分の惚気話も聞いてもらうという交換条件のもと、かなり熱心に話を聞いたものである。二時間、三時間の長電話などざらであった。が、独身の友人の恋愛模様に対して、もうやさしい気持ちになれない私である。

「あんなハゲのどこがいいわけ」

「けっ、あんな汚い男、誰も相手にしないよ」

と相手の悪口を言うので皆に嫌われてしまう。また私の友人の年代だと、恋人は妻子持ちであることがほとんどであるが、私はこれに対しても辛辣だ。

「あなたにそんなことを言った後でね、奥さんと子どものいる家に帰ってくのよ。それが男っていうものよ」

私は物書きの割に、こういうところが実に冷たいのである。

ところがこのあいだ、私の友人の一人から実に衝撃的な言葉を聞いた。彼女は夫と子どもがいる境遇なので、あまり自分のプライベートなことは口にしない。が、たぶん恋をしてるんじゃないかと私は睨んでいる。

「片方が独身ならば、それは不倫っていわれても仕方ないと思う。でもどっちも家庭を持つ身だったら、ちゃらになって純愛というんじゃないかしら」

なんというユニークな発想であろうか。私はこれによって、新しい連載小説のヒントを見つけたのである。

やはり友人は必要である。

必要であるといえば、秋は友情を確かめる季節といってもよい。全国の友人、知人が各地の名産を届けてくれる。

大分からはカボス、北海道からはカボチャ、鳥取からは梨、大阪からはなぜかトウモロコシ、もちろんわが故郷からは葡萄がどっさり。同級生がつくっているマスカットである。

私はカボチャを天ぷらにすることを思いつく。たまには手の込んだ夕飯をつくるのもよいであろう。

最近やっとわかったのであるが、夫というのは妻につまらない顔をして待っていてもらいたいものなのだ。あまり楽しいことを経験せず、世の中と接触もせず、ちょっと退屈して夫の帰りを待っている妻。だから夫が帰ってくるのが待ち遠しくてたまらない。夫の会社での話を熱心に聞いたりする。

「いいなあ、あなたは外でおいしいものを食べたり、面白いことしたりして」

などとふくれ面をする、これが実は理想の妻の姿なのだ。

私はそんなふりをしてもいいかなあと考える。だから化粧もすっかり落として天ぷらを揚げる。ちょっとおかずが淋しいので、冷凍しておいた干物を焼いた。あとはインゲンのおひたしと漬け物。ところが夫はなかなか帰ってこない。午前零時を過ぎた頃、珍しくべろべろに酔って帰ってきた。

「飲んできたから、何にもいらないよ」

私はむっとするが、普通の奥さんっぽいこういうシチュエーションもたまにはいいかと考え直す。もったいないので天ぷらを食べることにした。秋の夜は長いから、カロリーは消費されるはずだ、とつまらぬ期待をかける。

――戦いを終えて――

仕事のために、おととい からスイスのチューリッヒに来ている。なぜだか今まで機会がなく、スイスに来たのは初めてである。中世の美しい街並の向こうに、アルプスの山々が見える……と言いたいところであるが、雨のためにどんよりと暗い空が見えるだけだ。

昨日はこれまた初めてチーズ・フォンデュというものを食べた。久しぶりにのんびりとした昼食である。私はチーズでコーティングされたパンを頬ばりながら、成田を発つ前の嵐のような日々を思い出している。

すべては私が原因なのだ。私は確かに忙しい日々をおくっているが、勤勉に仕事に励み、原稿の量をうまく割り振っていけばどうということもなく暮らしていけるはずなのである。しかししばしば私の享楽性、怠惰性はすべてを狂わせてしまう。楽しいこと、面白そうなことをまずしてから、その後帳尻を合わせようとするから大変なことになってしまうのだ。

私は幾つかの連載小説を持っているが、この〆切りの山場は二つある。月末と月の十日というのが、だいたい月刊誌の〆切りのパターンだ。この他に週刊誌の仕事や対談、単発のエッセイなどが入っているのであるが、月刊誌の二つの山場はやはり大きなものとして私の心の中に刻まれている。それならば早めに書き始めればいいのに、ギリギリまで遊んでしまうのが私という人間なんですね。

九州の筑豊で、由縁《ゆかり》の歌人「柳原白蓮展」が行なわれることになった。ついては白蓮について講演をしてくれという有難いお申し出だ。

講演の日は九日の土曜日、充分に日帰り出来る日程である。が、私は九州と聞いてまずフグのことを考えてしまう。博多で一泊し、地元の友人とフグを食べるぐらい私に許されるのではないかと思う。こうして私はさんざん遊んで十日の日曜日に帰ってくる。かなり疲れて昼寝をする。日曜日は夫も日がな一日パソコンにはまっているので、夕食の仕度をしなくても文句を言わない。二人で歩いてすぐのイタリア料理店へ行く。ちょっぴりワインを飲んでいる最中、私は編集者がやきもきしながら待っているはずの原稿のことを考え心が痛む。だがまだ書き始めない。家に帰ってからもネコをいじったり、テレビを見たりする。そして十二時近くなりやっと仕事場の机へ向かう。深夜過ぎてから筆が滑り始め、明け方頃、なんとか二十枚の原稿を仕上げる。

そして明けて十一日の月曜日。この業界は十日〆切りというのが大鉄則であるが、それが日曜日にあたった場合、次の日まで待ってくれるという美風がある（ないか）。

私は半徹夜であるが、いつもどおり朝食の仕度をして夫を送り出し、そして机に向かう。もうひとつ三十枚という原稿の〆切りが残っているのである。四枚まで書いたところで、私は美容院に出かけなくてはならない。今日は対談とパーティーが重なっているので、おめかしをするのである。

今夜中に三十枚の原稿を書き上げ、スーツケースに荷物をまとめる。そして明日は朝の六時四十分に迎えの車が来て成田へ向かう。私の日常の中でもかなり緊急事態である。普段だったらざんばら髪のまま対談を済ませ、パーティーも欠席するのであるが、今日は最優先させたい大きな行事がある。渡辺淳一先生とお食事の約束をしているのだ。その時は着物を着てくるように。それもかしこまらない紬《つむぎ》でという指定である。何カ月も前から楽しみにしていて、帯や小物もあれこれ心づもりしてきた。この女心の火を誰が消すことが出来よう。といっても悲しいかな、二人きりではない。大の渡辺ファンである私の友人が一緒だ。彼女はこのあいだ渡辺先生に初めて会ったとたん、すっかり舞い上がってしまい、

「あんな素敵な大人の男の人に会ったことない。生きててよかった」

とか何とか言って、私に無理やり食事会をセットさせたのである。こういうなりゆき

があるもので、私とて負けてはいられない。美容院へ行き、この日のために大切にとっておいた草木染め紬のしつけ糸を切るわけだ。

午後からの対談の場所は、神奈川と東京の境目にある先輩作家のご自宅だ。そして渡辺先生、友人と待ち合わせをしているパーティーの会場は、お台場の日航ホテルである。地図を見ると、東京をつっ切るような感じだ。雨のために高速道路が混んでいて、お台場まで二時間近くかかった。あたりは早くもすっかり陽が落ちた晩秋の夕暮れである。さすがに私の胸にも、不安という二文字がしのびよってくる。ほとんど何も書いていない。明日は早朝に発つ。しかもこの間にパーティー、食事会が控えているのだ。

が、私は途中で帰ることは出来ない。絶対にそんなことはしない。

パーティーでスピーチに立たれた先生は、塩沢のお召しを着ておられる。長身の先生は洋服もカッコいいが、こういう着流しも堂々としてさまになっている。〝業界グルーピー〟の私は、うっとりと眺めているのであるが、私の友人も同じらしい。高価そうな結城をまとった彼女は、なんか勘違いしてやたら先生にまとわりつくのである。腹が立ってたまらない。三十枚の原稿、どうなってもいいから絶対に中座するものかと心に誓う。

「ハヤシさん、あなた明日スイスへ行くんでしょう。早く帰った方がいいわ」

友人が親切そうに声をかけるが、そのテにのるものか。

「えっ、ハヤシ君、明日スイス行くの」

「ええ、今夜中に三十枚の原稿を書かなきゃいけないんです」

こう打ち明けたのは作戦である。先生は気を遣ってくださって、一次会の食事だけでおひらきということになった。友人は私のことをすごい形相で睨むが、こうやって他人のチャンスは潰していかなくては。

その夜も書き、朝の迎えの車の中で書き、成田の喫茶店で書いた。終わったのは搭乗三十分前である。たまたま見送りに来てくれた、ＪＡＬの友人にファクシミリで送っておいてくれるよう頼む。

が、女の意地も通し、仕事もこなして私は満足しつつ、こうして、スイスでチーズを頬ばっているのである。

赤い靴

最近流行が気になって仕方ない。未だかつて、これほど着るもののことを考えたことはないような気がする。ファッション雑誌をたんねんに読んで、今年の傾向を組み立ててみる、などというのも初めての経験だ。

もちろん年齢やプロポーションを考慮に入れれば、流行を取り入れるといっても自《おのずか》ら限界がある。が、それでも茶系やミリタリー調の服を買い込み、あまつさえ網タイツを穿く私である。

話は飛ぶが、この網タイツ、まわりにえらく評判が悪い。先日のパリ旅行に穿いていったところ、

「どうしてそんな靴下を穿くの!?」

と現地の友人に咎《とが》められた。

「あら、知らないの。今年の秋冬はね、この網タイツがなくちゃ、ファッションが完成しないのよ、日本じゃすごく流行《はや》ってるんだから」

相手は憮然《ぶぜん》として言ったものだ。

「そんなものを穿いてるのは、このパリじゃ、ブーローニュの森に立ってる娼婦だけだ！」

本当におしゃれということがわからないおじさんというのは困りものだ。

さて、私がなぜこれほど流行に目覚めたかというと、週に一回の対談がきっかけである。私はある週刊誌で対談のホステスをしているのであるが、この際着ていくものにそれなりに気を遣う。めったに同じものを着ていけないし、写真に撮られた場合、ちょっとはおしゃれっぽく見られたい。

おまけにこのページの女性担当者が、大変なファッション通なのである。とても新聞社勤務とは思えないほど、流行に敏感で最先端の格好をしている。この彼女ともう一人、女性カメラマンから、私は毎週厳しいチェックを入れられているわけだ。

「ハヤシさん、そのスカートだったらやっぱりブーツでしょう」

「ストッキングはやっぱり網タイツですよね」

「あっ、ハヤシさんの今日の洋服プラダですね。いいですね」

上から下まで見られて採点が下され、アドバイスが来る。こうなってくると私も頑張らざるを得ないではないか。彼女に最新のお店の情報を教えてもらったり、買物につき合ってもらううちに、私もそちら方面にやたら詳しくなったようなのである。

私はこの頃、洋服を着た後、玄関前の大きな鏡で全身をチェックする。が、なんだかあまり決まっていない。この垢抜けなさというのは、単に体型の問題だけではないと私は思った。靴が原因なのである。

大足の私は、普段フェラガモを愛用している。贅沢なようであるが、ここの靴は本当に履きやすく足になじむ。よって外国に出かけた時、まとめ買いをする。ところが、ここの靴は老舗《しにせ》だけあってオーソドックスな形が多い。スーツなどにはぴったりなのであるが、モード系の服に網タイツを組み合わせると、やはり靴がおとなしくなってしまう。

そんなわけで最近、プラダとグッチの靴を何足か購入した。今年大流行りのトウ・スクエア、つまり爪先が四角くなっているやつである。クラシカルで可愛い形をしているのであるが、これの痛いことといったらない。試している最中も、私は小さな悲鳴を上げた。普通、人はそんなものは買わないのであるが、なぜか私は手に入れてしまう。店員さんの、

「履いているうちに、革が伸びてきますよ」

という言葉をひたすら信じてしまうからだ。おまけにこの大きさの靴はめったに日本

に入ってこないという。

「最初のうちは、近所を歩いて、少しずつ足に馴らしていってください」

だって。

私は一足に挑戦してみることにした。それはマーブルっぽい茶色で、とても素敵なストラップがついている。

「これって今年しか履けない靴ですね」

秘書のハタケヤマ嬢が嫌味を言うが気にしない。馴らすためその日の夜、これを履き近所を散歩することにした。足を入れ、ストラップのボタンをとめる。なんて可愛くておしゃれな靴。しかし歩くことにためらいがある。なにしろきついのだ。もしも途中で、痛さのあまり帰ってこられなくなったらどうしよう。

うんと若い頃であるが、バーゲン品のハイヒールを履いて遊びに出かけたことがある。当時はお金が無かったので、足に合う合わないというのは二の次であった。とにかく安くて私のサイズの靴だったら買ってしまったのである。そしてその靴は、帰りの電車の中で、私に大変な苦痛をもたらした。「赤い靴」とか「人魚姫」にも描写されるように、靴というのは女にとって拷問になる時がある。駅からアパートまで歩く途中、私はついに耐えられなくなり、夜の闇にまぎれて靴を脱ぎ、裸足になって歩いたのだ。

あんな経験を、今大人になって繰り返したらバカである。私は思い直して靴を家の中で履き馴らすことにした。幸い、私の家はフローリングになっている。それを履き、部屋のあちこちを歩きまわる。猫がついてくる。時々タップを踊る。ソファに座り、足を組んでテレビを見る。が、靴はますますきつくなるばかりだ。

私は時計を見て、あと三十分だけ我慢しようと決心する。そして毎日、十分、二十分とその時間を長くしていけば、この靴は私にぴったりなじむはずだと考える。が、私はその三十分間が我慢出来なかった。

「もう、ダメ」

急いでストラップをはずし、足を出す。血がきちんと流れ出したという感じだ。脱いだ靴をそのまま床の上に置いておいたところ、帰ってきた夫が、

「僕が伸ばしてやるよ」

と足を入れる。さすが男の足で爪先しか入らない。が、その後履いてみると、心なしか爪先がゆるくなったような気がした。

私はそれ以来、夫が帰宅するたびに、靴を捧げ、シンデレラのように履いてもらうのだ。しかし一カ月たつが、私はまだそれを履けないでいる。

靴とソックス

私が靴のことで大層苦労していると書いたところ、さまざまな反響があった。中でも有難かったのは、読者の方が靴伸ばし器をプレゼントしてくださったことである。これは一見、普通の木型のようであるが、真中のネジを回すことによって徐々に拡がっていく仕組みだ。私は例のプラダの靴の中にこれを入れ、ずうっと放置している。毎日足を通してみるのであるが、確実に拡がっていっている。が、肝心の爪先はどうにもならない。どうやら流行のトウ・スクエアというのは私の足にはどうも馴染《なじ》まないようなのである。

また知り合いのファッションメーカーのプレスの方からお電話をいただいた。コレクションに使ったモデルの靴を譲ってくれるというのである。モデルさんというのは、長身ゆえに大足である。彼女たちがコレクションで着た洋服や靴は、バーゲンの時でもさらに安くなるのだ。

プレスの人の話によると、このバーゲンで売れ残ったものが幾つかあるとのことである。さっそく行ったところ、流行のブーツが私にぴったりで、何と四千五百円という安さである。店で正規に買えば五万円はする大人気のブランド商品だ。私は大喜びで色違い二足を手に入れた。

問題は五センチというヒールの高さであるが、

「重心を後ろにして歩いてください。三、四回履けば慣れますよ」

とプレスの女性は言う。

その何日か後、私は久しぶりに踊りのお稽古に出かけた。今習っているのは、立ったり、座ったりという動作が激しいものだ。おかげで次の日から太ももの筋肉が痛み出した。よせばいいのに、そんな日に限って、私は新しいブーツで外出したのである。行きはよかったが、帰りがどうにもつらくなり始めた。地下鉄の有楽町線を有楽町駅で降り、千代田線に乗り替えようとしたのであるが、その遠さといったらない。エスカレーターもあまりなく、階段をとめどなく上がったり下がったりするのだ。筋肉痛に五センチのヒールである。途中もう駄目かと思った。階段の途中で、脂汗さえ出てきたのである。ようやくわが家に近い地下鉄の駅の階段を上がり終わった時は、安堵のあまり涙が出てきそうになってしまったほどだ。

これに懲りて私は、おととしや昨年に買ったブーツ、あるいは靴を履いて外に出ることにした。そうでなくても年末は外出の機会が多い。年末進行の最中でさえ、私はいろんなところを出歩いていた。が、後ろめたい気分はどうやっても拭《ぬぐ》えるものではない。

ところが、昨日の未明、私は今年の月刊誌の仕事を全部済ませたのである。五日間で、連載小説を四つ仕上げるなどというのは絶対に無理だと思っていた。今、ゲラ刷りを直していても、真夜中に百人の小人が出てきて書いてくれたとしか考えられない。気がつくととにかく全部終わっていたのである。

この喜び、解放感をどうやって表現したらいいのであろうか。

「とにかく遊ぶぞーっ」

という気分になってくるのだ。原稿を書いている最中にも遊んでいたが、あれは心半分ここにあらずという感じである。今は違う。心から伸び伸びとして、ブーツの紐なんか締めているのだ。

こういう時、私は年下のフミちゃんを呼び出す。フミちゃんは私のお稽古仲間にしてかつ妹分だ。ほっそりした美少女のうえに、とにかく気持ちのよい子なのである。彼女は東北のお金持ちの娘で、大学を卒業した後も東京に残り、お茶や踊りを習っているという羨しい身の上だ。いつも暇なので、私の急な誘いにもすぐ乗ってくれる。

私は彼女の運転する青森ナンバーのRXセブンで銀座へ出かけた。二人でランチを食べた後、いろいろお買物をする。私はある店のウインドウで、それはそれは素敵なワンピースを見つけた。黒のサテン地で出来ていて、お揃いのコートドレスを羽織るようにするのだ。

　今年はうんと働いたし、昨日をもって月刊誌の仕事はすべて完了した。クリスマスだって近い。ドレスの一着や二着、買ってもいいような気がするの。

　最近ちょっぴりダイエットに成功した私は、その黒い可愛いドレスを試着することにした。初めての店で、初めてのブランド品を買うというのは、ものすごい勇気がいることである。こういう時、店員さんの意地が悪かったりすると、どうしようもないぐらいめげてしまう。

　幸いなことに、そのドレスはいつもの私のサイズであった。店員さんもとても感じよく、

「どうぞ、試着なさって」

　と勧めてくれる。心なし小さいような気がしたが、とにかくそれを持って試着室に入った。ところが悪い予感はあたって、背中のファスナーが半分までしか上がらないのだ。店員さんが言うには、ここのブランドはとても小さめで、ひとサイズ上のものでなくてはならないというのである。

「よろしかったら直しますよ。ぴっちりしたデザインですけど、少し拡げてみます」

　なんといい人であろうか。若いのにしっかりしていて、こちらの心を傷つけないよう

に配慮してくれているのである。

「ドレスはもういいです。それよりこのショールを見せてください」

私はガラスケースの中の商品を指さした。黒いシルクのもので、結局私はそれを買ってしまう。

「あのショール、必要だったんですか」

とフミちゃん。入り用といえば入り用だし、いらないといったらいらない。

「初めての店で、何も買わずに出ていきづらい時、私ってショールとかソックスをよく買うのよねえー。私ってこういうの、本当に気が小さいから」

おかげでうちには、ショールやソックスが山のようにある。ま、いいか、ソックスは合わなくて脂汗が出ることもないし……。私の最高のストレス解消は買物なのであるが、ストレスを生み出すのも、実はこの買物なのである。

誕生日

アメリカで大ベストセラーになった男性攻略本『ザ・ルールズ』によると、

「あなたの誕生日に、ロマンティックなことを何もしてくれない男性とは即別れなさい」

とある。

クリスマスと誕生日、この二つに寄せる女心というのは、おそらく男性には理解しがたいものであろう。

さて四月一日は私の誕生日であった。有難いことに、いろんなところからお花をどっさりといただく。私の〝妹分〟の女の子たちが、ケーキを焼いて届けてくれたり、可愛いアクセサリーを持ってきてくれる。本当に嬉しい日だ。

が、今年は夫が長期の海外出張に出かけている。私は誕生日をひとりぼっちで過ごさなければならなくなったのだ。もちろん、頼めば一緒に過ごしてくれる友人とか編集者というのはいることはいる。が、そんなんじゃあまりにもみじめ過ぎるではないか。

私は例によって甘い夢をみる。

私の誕生日、誰か男の人が誘ってくれないかしらん。高級レストランでの食事にお酒はシャンパン。ちょっぴり独身時代の気持ちに戻って、男の人とデイトをしてみたい。

だって今日は私の誕生日、おまけに夫は留守……。

ところがどうしたことであろうか、夕方近くなってもそんな電話は一本もかかってこないのである。

電話に心を残しつつ私は仕事に出かけることにした。今日は小説の取材のために、隅田川を越えた下町に出かけることになっているのだ。

「ハヤシさん、せっかくの誕生日に申しわけありませんね」

若い男性編集者が迎えに来た。

「でもね、夜は夕食のお誘いが入るかもしれないから、出来るだけ早く帰れるようにしてね」

最後まで見栄を張る私である。ドアを開けて出て行こうとしたら、入れ違いにお菓子屋さんがケーキを届けにきてくれた。年下の友人が、私のために特注してくれた大きなケーキである。私はお土産がわりにこれを持っていくことにした。

今日出かけるところは、三人のお婆さんたちが共同生活をしている家なのである。

ちょうど桜が真盛りの隅田川の近くに、昔隆盛を誇った花柳街があった。今ではその花街はすっかり廃《すた》れ、芸者を辞めたお婆さんたちは、町の一角で寄り添って生きているのだ。まだ元気なお婆さんたちは、お好み焼屋、雀荘、小料理屋などを営み、もう完全に引退した年配のお婆さんたちは、姉妹や仲よしと一緒に住んでいる。私は小説の取材のために、その一軒を訪問することになっているのだ。

二、三十年前は置屋が並んでいたという一角は、小さな飲み屋街になっていて、細い路地が通っている。お婆さん三人が住むうちも、やはり芸者の置屋さんだったそうだが、今では年寄りが住みやすいようにコンパクトに改造したそうだ。

私はここで大歓迎を受け、さっそく茶の間に通された。私が来るというので、がんもどきと生揚げの煮物、巻き鮨をつくっておいてくださった。どれもとてもおいしい。昔風で田舎の母親の味と同じなのだ。

「このあたりはね、夕方になるとあすこの窓が開いて……」

八十三歳のお婆さんが台所の窓を指さす。

「お惣菜《そうざい》の皿がいきかうのよ。下町ってこういうとこなのよ」

私は老後の境遇として、これこそ理想ではないかとすっかり感心してしまった。気の合わない肉親と暮らすより、仲のいい友人たちと一軒の家に住む。それは郊外などではなく、下町の路地の中だ。元気で小金を持つお婆さんばかりだから、近くの劇場で芝居見物をし、デパートめぐりを楽しむ。なんて素敵な生活なのであろうか。

私はここで煮物とお鮨をたらふく食べた後、今度は別のおうちに伺った。こちらの女性も七十五歳であるが、お婆さんと言ったら叱られそうな美しさだ。元芸者さんで、今は小唄のお師匠さんをしている。この方から昔の花柳界のお話を聞いた。

ちょうど夕飯どきになり、この方の妹さんがやっている小料理屋さんに案内していただく。さっきのお鮨でお腹がいっぱいであるが、懐石コースを食べる。もうお腹がはちきれそう。

そこへさっきのお婆さんから電話だ。天丼が届いていることを忘れないでと言うのだ。歩いて三分ほどのさっきの家に戻ると、台所のテーブルの上に、天丼と漬け物各種が置かれている。なんでも私が来るというので、お向かいの天ぷら屋さんがそりゃあ張り切ってつくってくれたそうだ。この日のために容器も新品を誂《あつら》え、油も総とっかえしてくれたという。みなの視線が私に向けられていた。そういえば編集者に、今夜デイトの約束があるみたいなことを言っていたような気がするが、もうそれどころではない。

「それじゃ、いただきます……」

好意を無にするわけにはいかない。大きな海老《えび》がのっている天丼を私はひと粒残さず食べた。超人的な食べっぷりだと我ながら感心した。途中でハタケヤマ嬢に電話をしたが、誰からも誘いが入っていないという。

「食後におもたせのケーキをいただきましょうか」

年下のお婆さんがそう言って、箱を開けた。私の友人が気を遣ってくれたのであろう、「ハッピー・バースデー、マリコ」とチョコレートで大きな文字が描かれている。

「ハッピー・バースデー、マリコさん……」

やがてお婆さんたちが歌い始めた。初めて行ったおうちの台所で、八十代と七十代のお婆さんに囲まれ、ハッピー・バースデーを歌ってもらう誕生日になるとは想像だにしなかった。シャンパンの替わりに奈良漬と煮物があった。レストランではなく、私が座っていたのはトイレのドアの前であった。私は暖かく幸福のような、なんだかすごく哀しいような複雑な気分になったのである。

「ハッピー・バースデー・トゥー・ユー……」

お婆さんたちの歌声は続く。

私のトラウマ

断わりなしに、いきなり流行り出す言葉というのがある。あっという間に使われ、あっという間に定着するのであるが、そのスピードの速さに私はついていけない。

「これ、どういう意味なの」

と人に尋ねるきっかけを失くしてしまうのである。古くは「ネガティブ」「ポジティブ」というのがそうであった。最近では「トラウマ」というのがある。

私はこの「トラウマ」という言葉を聞いた時、シマウマとトラとの合いの子のような動物を思い浮かべた。胴体の太いユーモラスな生き物をだ。しかしこれは「昔負った心の古傷」という意味らしい。ある日突然このトラウマは、雑誌のコラムに登場し、ぴょんぴょん飛び跳ね始めるではないか。「ポジティブ」「ネガティブ」の時は、どっちがどっちかよくわからなくなったが、この「トラウマ」は、例の動物を思い浮かべればよいのでとても使いやすい。

子どもの頃から、私は憶えたばかりの言葉をすぐ連発する癖がある。

「私のトラウマはさあ……」

と会話の中に入れるのだ。しかしもちろん、ここに出てくるのは遊びのトラウマである。どうでもいいトラウマであるから、口の端《は》にのせられるのだ。友人にしても、おそらく本物のトラウマは決して出てこないことであろう。

先日のこと、男友だちとお酒を飲んでいていろんなことを話していた。この友人というのは、昔からハンサムなことで有名であった。中年の入り口に立った今では、美貌に渋みが加わりそれはそれはいい感じになっている。レストランやバーに二人で入ると、たいていの女の人は私の方など見ない。彼の方に視線を走らせるのだ。当然のことながら、彼は若い時からモテまくっていたそうである。一時期私に、

「女がもう嫌になった」

と打ち明けたことがある。彼が二十代にして初めてひとり暮らしをした時のことだ。部屋に誘うと、どんな女でも従《つ》いてくるというのである。女子高校生だろうと人妻だろうと決して帰らない。

「女ってあんなものだろうか……」

としみじみ漏らしたほどのモテ方であったが、結婚し父親になった現在ではやや地味

になったということだ。それでもやっぱり女性との噂がいっぱいある。その彼と喋ったテーマは、

「人というのは、十代の時にどういう恋をしたかということで、その後の人生が決まる」

というものであった。彼が言うには、昔モテなかったり、手ひどいふられ方をした女は、大人になってもやはりいじけた恋をする。男との態度にはっきりと現れる。彼は五分喋っただけで、その女性の過去がだいたいわかるのだそうだ。

私はある少女漫画の話をする。「白鳥麗子でございます！」を大ヒットさせた鈴木由美子さんが新作を描いているのであるが、これがやたら面白い。まるっきりモテなかったブスの女の子が、全身美容整形を受けて美女に変身するのであるが、どういう態度をとっていいのかわからないというコメディなのである。

彼女は壁に「美人の行動」なる表を貼っておいて、いつも心に刻む。

「美人は払わない、あやまらない、待たない」などいろいろな項目を挙げ、とにかく美女にふさわしい傲慢さを身につけようとする、が、つい昔の卑屈な態度が出てきてしまうのだ。恋愛にしても、つい男に尽くそうとして、

「美人はこんなことをしてはいけない」

と必死でイヤなコになろうとするのである。

「そうよねえ、子どもの頃から皆にちやほやされていた女の子って、大人になってからもはっきりとわかるものねえ……。ああいうものは一朝一夕で身につくもんじゃないと思うわ……」

私はため息をつく。

「私ってさ、ほら、大人になってからはわりとモテ始めたんだけどさ、その前はつらいことばっかりだったから」

とここでミエを張るのを忘れない。

「今でも男の人にご馳走してもらったり、ものを貰ったりするの苦手だわ。すぐにお返しを考えてしまう。やっぱり若い時の恋って、私にとってトラウマだったのねえ……」

今度は彼がトラウマを語る番だ。

「オレってさ、モテ過ぎたのがトラウマだったのかもしれないな」

とむかつくようなことを言う。たいていの女が、望みさえすれば手に入ったために、かえってとても空しくなってしまったのだそうだ。

「ほら、恋愛って力関係じゃん。こちらが重たいうちはいいんだけど、あっちの心が重たくなってぐうっと下がる、そのとたんにすっかりその気を失くしてしまうんだよな……」

言っていることはありきたりのことなのであるが、彼のようなハンサムが喋ると、非常に説得力があるのだ。

男と女が恋愛論を戦わせる時、別に相手のご意見を拝聴しようという気はないはずだ、もちろんそれをもって、人生の指標にしようとも思わない。ただ恋愛について喋る雰囲気が好きなのだ。そう、政治、経済についてやり合っても仕方ないし……。

カクテルグラス片手に、私はうっとりと彼の横顔を見ている。

「やっぱりこの人、素敵だわ……」

私は昔から面クイである。友人、担当編集者等は、ハンサムでなければあんまり仲よく出来ない体質だ。そういえば学生の頃アルバイト先で、

「ハヤシさんってどういう人が好き」

と尋ねられ、ハンサムがいいと答えたところ、

「そういうものかもしれないわね……」

と頷《うなず》かれ、深く傷ついたことがある。

今、大人になってハンサムなんかといくらでもつき合えるが（そうでもないか）、あのひと言って、私のトラウマのような気がする。

――松田聖子「最後の賭け」――

三日前からニューヨークに来ている。オペラ見物を終え、さあ寝ようと思ったところ、私の部屋に置かれたファクシミリが、延々と受信を始めた。神田正輝、松田聖子夫妻の離婚の第一報が入ってきたのである。

「いろんなところが、ハヤシさんのコメントを欲しいと言ってきてますが、どうしたらいいでしょうか」

おそらく日本では大変な騒ぎなのであろう、東京からの秘書の声がうわずっている。が、残念なことに私がこのニュースを聞いた時、まず頭に浮かんだのは、

「やっぱり」

「なんで今さら」

というごく平凡なものであった。おそらく日本中の大半の人々が、この思いを持ったに違いない。が、よく考えてみるとこの二つの感想というのは、かなり矛盾するもので

ある。「やっぱり」という思いは、夫妻を普通の夫婦だと考えるから発生するものであり、「なんで今さら」の方は、夫妻のことを特殊な職業を持ち、特殊な感情を持つ人間だと見なしていることになるだろう。

もう三年前のことになる。漫画家の柴門ふみさんと一緒に、聖子のコンサートに出かけたことがある。ある方から調達してもらったその席はまさにＶＩＰシートで、武道館の二階の正面であった。

照明が暗くなってから聖子ファミリーがやって来て座り、柴門さんと私は大層興奮したものである。

コンサートの終わり近くになり、神田さんの方を見ると、姿がない。

「マッキー、来て！」という聖子の声で、彼は舞台の上手から登場した。そして二人でのさまざまなパフォーマンスが始まった。聖子が、

「世界中でいちばん大切な人」

とラブソングを歌い出すと、神田氏は仰々しくお辞儀をする。

「私たち、もう危ない、危ないなんて言われてるけど、今年でスイートテン（結婚十周年）よ！」

聖子が誇らし気に叫ぶと、場内大拍手となった。ちょうどジェフ君の暴露本が騒ぎになっていた頃で、神田氏の動向をそれこそ皆息を詰めて眺めていた頃だ。それなのに彼

は、妻の公演で楽し気に踊ってみせたのだ。妻が自分の公演を見に来ている夫を、舞台に誘い出す。これは微笑ましいハプニングのようであったが、何と次の日も聖子と神田氏はこれを行なったらしい。

「やっぱり芸能人ってしたたかねえ、すごいねえ……。何も私たちが心配することなかったわよねえ」

などと柴門さんと言い合ったのを昨日のように憶えている。おそらく別居しているのは事実だろう。けれどもこの夫婦はビジネスとして結婚を割り切って考えている。それぞれ愛人がいたとしても、結婚という形態が残っていて、それはそれなりに機能していればメリットもある。だったら何も離婚する必要はないのだろうと私たちは想像していた。ところが今度の離婚である。

「やっぱり」という言葉の後に続くコメントは、ごく世間の常識にのっとったものになるであろう。

やっぱり神田正輝は亭主として耐えられなかったんだ。

やっぱり仮面夫婦は長く続かないんだ。

けれどこういう言葉を口にすると、神田・松田夫妻がごくスケールの小さい人たちのように思われてくるからつまらぬ。やはり私としては、武道館の舞台で見たような、ちょっとひと筋縄でいかない強靱《きょうじん》な意志と華やかさを持ったカップルでいて欲しかった。

が、これはそれこそ、他人の無責任な要望というものであろう。

ここに一枚のファクシミリ用紙がある。「週刊文春」が送ってくれた聖子の自筆のメッセージだ。あまりうまい字とは思えないが、子どもっぽい丸文字はかなり改善されている。私の目を惹《ひ》いたのはこの箇所だ。

「私達も普通の心を持つ人間です。色々悩み、たくさんの涙も流しました」

なんで今さら、と言う人もいるかもしれないが、これは彼女の非常に正直な気持ちに違いない。ある芸能人が子どもが出来た際、インタビューに答え、

「人気とか運といった不確かなものに左右されない職業に就かせたい」

と言ったのを私は深く心に刻んでいる。この「人気」という気まぐれで残酷なものに操《あやつ》られる苦悩というのは、おそらく経験した者でなければわかるまい。私は聖子のようなスターでもなく、きらびやかな世界に生きているわけでもないが、それでも「人気」にのって食べている場所にいる。だから多少は彼女がこの一節を書いた気持ちがわかるのだ。

スターというものは、自分の生き方さえも「人気」というルーレット台に差し出さなくてはならぬ。聖子は自分でも意識しないうちに、いつのまにか日本一のバクチ打ちとなっていた。最初は負けが込んでいる時もあったのであるが、ある時から差す手差す手、全部いい目に転んでしまった。これには聖子自身も驚いたであろう。不倫騒動の時は、

もうこれまでと観念したかもしれぬが、サイコロはいい方に出たのである。

　時代という賭場《とば》のオーナーが、彼女に味方してくれたのだ。不倫などというものは、本来認められるものでもなければ、賞賛されるものでもない。我々の普通の生活からは隔離され、こっそりとうち捨てられるべきものなのである。が聖子の場合、このうち捨てられた塵芥《じんかい》が堆肥となり、そこから芽が吹いて花が咲いた。日本でかつてなかったような現象が起こったのである。多くの女たちが彼女の生き方を支持したというが、やはり塵芥は塵芥で、そこで咲く花は負のものである。山口智子がいい、松たか子が素敵という口調とはあきらかに違うように聖子のことは語られるようになった。スターはスターでもマスコミでの書かれ方も違う。

　この差異をいちばんよくわかっていたのはおそらく聖子自身であったろう。だから本物のステータスを求めて、アメリカ進出も考えたであろうし、ヒット曲を求めた。彼女は「打たれ強い」のではない。強くなければ、こうした負を持ったまま生きていけないのである。

　彼女はこの数年、優秀なギャンブラーとして生きてきた。はっきり負けかなーと思って振ったサイコロも、ある種のマスコミや女たちが甘やかして勝ちにしてしまった。しかし彼女は、こうしたことにほとほと疲れてしまったに違いない。今度の離婚というのは、彼女が初めて損得考えず、少々やけになって振ったサイコロである。が、長いこと彼女の人生を見続けた私にしてみると、このサイコロはあきらかに負けの目が出る。

「離婚してますますいい女になる」

「離婚しても人気は落ちない」

などというのは、通常のタレントレベルの話である。我々が聖子に望んでいたもの、課していたものはもっともっと大きなものであったはずだ。仕事を持ち、結婚生活を続け、子どももちゃんといる。内実はともかく、ものわかりのよさそうな夫に許され、何カ月も海外で暮らすことの出来る生活というのはまさにファンタジーであった。聖子はまことにファンタジーが似合う女性であったのに、その一角が崩れてしまったのだ。これから恋の噂もいっぱい出てくるであろうが、バツイチの独身女性に男性が出来たからといって、何を羨むことがあるだろう。「夫」という枷《かせ》を持ちつつ味わうから、恋愛というのは一層美味で、女たちは憧れるのである。

離婚してみて聖子は、神田正輝という人の存在の大きさにやっと気づくはずだ。精神的な意味ではない。夫がいる女性に対しての遠慮や気配りを、これからマスコミはいっさい失くすであろう。さらにスキャンダル叩きは激しくなるはずだ。そして聖子はあれほど嫌っていた「負の世界」へさらに近づくことになる。

それにしても遠く離れた異国の地で、他人の離婚の原稿を書く私というのは何なんだろうか。それこそ「大きなお世話」というものだ。が、長いこと神田・松田夫妻に関して、日本中はずっと「大きなお世話」をしていた。それも今日で終わりだ。「大きなお世話」の後に来るものが、冷やかな感情でなければよいと私は切に願う。八〇年代にデビューし生きてきた私は、これからも単なる目撃者ではいられないからである。

「可哀相」ではみじめ過ぎる

ダイアナさんが亡くなるとは、誰も思っていなかったに違いない。

交通事故の第一報が流れた時、私の頭にまず浮かんだのは、しゃれた黒い服を着、サングラスをかけた彼女の退院姿である。

「ダイアナさん悲痛！　恋人の死を乗り越えられるか」

という女性週刊誌の見出しまで想像出来た。新しい恋人が亡くなり、しばらくは悲しみに沈んでいるだろうが、自身の体の傷が癒えた頃には、新たな大富豪か世界的スターの心をつかんでいるはずだ。ダイアナさんには、打たれ強いといおうか、悲劇の中心にいるようでいて、どこかうまくかわしてしまう身のすばやさを感じていた。ところが重傷というニュースから訃報である。はなはだ不謹慎な言い方かもしれないが、

「あらー、本当に死んじゃったのー」

という感情がまず先に来た。おいたわしいとか、気の毒というよりも、〝ウッソー〟

という感じはまだ尾をひいている。

いろいろなところからコメント取材が来たが、私とダイアナさんとの接点というのはただ一度、レセプションで会ったということだけだ。一九八六年、初来日の際のレセプションは、英国大使館でのブラックタイ、それはそれは華やかなものであった。普段はそうしたところとは縁がない私であるが、直木賞を受賞したばかりということで招かれたのである。似合いもしないイブニングドレスを着込んだ私は、とにかくダイアナさんとお目にかかり簡単な会話をかわした。この時、ダイアナさんが私にちょっと興味を示してくれていたような感じを持ったのであるが、あまりにも自惚れているようなので人には黙っていた。ところが十年後の昨年、同じパーティーに出席していらした黒柳徹子さんと「週刊朝日」誌上で対談をしていた際、当時の話に及んだ。

黒柳さんは、

「つかつかと近寄って『素敵なお洋服ね』ってあなたにおっしゃったわ。あの日ダイアナ妃が『あら』って親しい感じで近寄ったのは、林さんだけだったと思います」

私、

「何年ぶりかにわかるこの事実！　一過性にせよ、ダイアナ妃と友情を結んでたんだ（笑）」

何のことはない、年配の名士が多かった会場で、若い女性（当時）は私ぐらいだったからである。そしてその会場で私が見たもので、ずうっと人に言わなかったことがもうひとつある。ライトブルーのイブニングドレスを着たダイアナさんは、会場に姿を現し、入口の数段の階段の上から私たちを見下ろした。その時彼女の顔に浮かんだ怯《おび》えと、軽い嫌悪を私は見てしまったのである。

「やだー、こんなにたくさんの黄色い人たちとお喋りするのー」

と彼女の目は語っていて、それはゆったりと自然に振るまっている傍のチャールズ皇太子と全く対照的であった。

「ダイアナ妃って、本当に普通の女の子なんだ。帝王教育を受けた皇太子とこの後うまくやっていけるんだろうか」

とぼんやりと感じたのを憶えている。ダイアナ妃が亡くなった夜、友人と話していたら、なんと彼も同じパーティーに出ていて、私が見たのと同じダイアナさんの表情を見ていたということがわかった。

「彼女は典型的なヨーロッパの女だとあの時わかったね」

海外生活の長い友人は言う。

「欧米の社交界にあの種の女性はいっぱいいるよ。黒人や黄色人種に対して、イヤダーっていう顔をする。それを夫に見せつける。私はあなたのためにこんなに努力しているのよ、とアピールするわけだ。言ってみれば社交界のブリっ子だよな」

考えてみれば、ダイアナ妃は二十歳の若さで結婚し、日本でいえば中卒の学歴であった。その種の訓練も教養もまださほど積んでいなかったはずだ。十一年前のあの怯えた表情だけで、彼女を判断してはむごいというものだろう。

友人の言うところの〝ブリっ子〟の彼女も、夫の裏切りを知り、自分も不倫を体験し、いつしか大人の女性として自立していく。離婚という事態になったけれども、彼女は莫大な金と自由を手に入れ、いくらでもこの先楽しい人生を送れたことであろう。その矢先の死である。カメラマンの追っかけが、死の間接的な原因となっているのが何とも象徴的だ。つい先日、

「脳味噌が小鳥ぐらい」と書かれ、

「マスコミに私の人生はずっと傷つけられてきた」

と発言したばかりである。傷つけられたどころか、彼女はマスコミに命を奪われたことになるのだ。

亡くなった日、テレビの特別番組を目にした夫が言う。

「こんなに離れた日本で、こんな番組つくってどうするんだ。必然性がないよ。こんな風に興味本位で見る人間たちって、彼女を追っかけてたパパラッチたちと何ら変わりがないじゃないか」

その論調は確かに正しいが、それは我々庶民とダイアナさんとの関係をよくわかって

いない発言だ。彼女は確かに憧れの対象であったが、あからさまに自分の人生を見せてくれる不思議な偶像でもあった。

「不倫をしました。愛していました」

と彼女がインタビューに答えた時、我々はまるですごいドラマをリアルタイムで見せてもらっているような興奮を味わったものだ。そしてあまりにも劇的な終わり方……。

この彼女の人生を私はうまくつかめないでいる。幸福とはいえないが、不幸とか気の毒などと言ったら、彼女があまりにもみじめ過ぎる。

以前にジャクリーヌ・オナシスの生涯を「知ってるつもり?!」で放映した時のことだ。出演者がしたり顔で発言するのを見て、私は本気で怒りに燃えた。

「可哀相だって、冗談じゃない。ジャクリーヌの不幸は不幸でも、世界でいちばん豪奢な不幸じゃないか。世界一権力を持った男と、世界一金持ちの男と結婚してそれでも不幸だったんだから、それはすごいことなんだ。こんな島国の二流のタレントで、てれれ生きてるあなたたちに、可哀相なんて言われたくないよ」

同じ理由から、私もダイアナさんに対して可哀相などと言いたくないのであるが、彼女はいかにせよ若過ぎた。老いた彼女の人生も見たかったというのは、これまた無知で残酷な観客の言い分であろう。

世紀末思い出し笑い

1997〜

パズル

電車に乗るなり、私はしまった、と思った。ちょうど立ったところが、熱々カップルの真前だったのである。

座席の端に茶髪の女の子が座っている。その女の子の肩に手をまわしているのが、やはり茶髪の男の子である。こうした茶髪カップルというのは、ご面相が悪いとそれこそ汚ならしくなってしまうが、その二人はなかなかのレベルであった。女の子も可愛いし、男の子の方も足が長く、かなり整った横顔である。二人はしばらくいちゃついていたのであるが、意外なことに途中の駅に着くや女の子は立ち上がった。

「じゃーね、バーイ」

とか言って、えらくあっさりと手を振っていくではないか。

後には私と男の子が残された。正しくいえば、私の目の前に、傍の手すりに沿って半円を描く男の子の腕が残されていたのである。たった今、愛《いと》しい女の子を抱いていた腕は、ゆるやかな曲線のまま、中身が抜けてしまったのを惜しむかのようである。

立っている客はまばらであった。正面に立っている私は、当然空いている席に座る権利があるはずだ。が、私がもしこのままどさっと座ったら、いったいどういう事態になるであろうか。

男の子の方に手をひっ込める気配はない。ということは、私がさっきの女の子と同じ立場になることになる。彼の腕の中にしっかりと入るのだ。かなりの年齢差のあるカップルの誕生ではないかと思ったら、やたらおかしくなった。

「ふふふ……」

思わず吹き出してしまう私。男の子の方も、ただならぬ気配を感じとったようだ。

「オバさん、座るんじゃないぞ」

という風に私の方を見る。その表情がおかしくて、またクスクス笑ってしまった。若い男というのは、なんて残酷でユーモラスな存在であろうか。端《はた》で見ているだけでへーっと思うことが多々あるのに、こういう男と恋愛しようとする女の人が私にはよくわからない。若い男なんて、疲れるだけではないだろうか。

ところが私のまわりで、年下の若い男が好きという女性は実に多いのである。友人のひとりは、

「男の人は絶対に若くなきゃ嫌なの」

ときっぱりと言う。

「二人でいるとね、自分も若くなったような気がしてすごく楽しいの。いきいきしてくるのが自分でわかるの」

だそうだ。私は未だかつてこういう心境になったことがない。つき合った男性がたまたま二つ年下ということがあったが、今どきひとつ、二つの差は年下の内に入らないであろう。私は昔から、話の合う同年齢かやや年上の男性が好き。年下の男には全くといっていいほど、興味を持ったことがない。これは私に弟がいることが大きいであろう。男性の年齢を聞いた時に、弟のそれを、心のどこかで基準に置いているのである。

が、前述の友人は弟がいるが、やはり年下の男がいいと言うのだ。

「あなたも若いボーイフレンドを持つと楽しいわよ。いろんな世界を見せてくれるもの」

私はそんな時こう答える。

「イヤよ。私みたいに猜疑心《さいぎしん》と劣等感が強い人間は、絶対に年下の男とはつき合えないと思う。年下の恋人を持てるのはね、よほど自信がある女性よ」

若い男の顎《あご》の線や首の綺麗さにうっとりする。そうした後で鏡を見て、少しもつらくない女というのは、かなりの美貌と若さを維持しなくてはなれないであろう。

もしかすると金品をねだられるかもしれない。ねだられないにせよ、どこかへ遊びに行ったり、食事に出かけた際、女の方が払わなくてはならないだろう。たまにならともかく、いつもだったら、女は悲しくせつなくなってくる。こういう時も、決してネガティブに考えるのではなく、

「私に甘えてるのね、かわゆい」

という思考の持ち主でなくては、うんと年下の男とつき合えるものではない……。

私がこのように、いろいろ悩み考えているのは、ルミ子、賢也のカップル不仲説に刺激されたからではない。定期的に観てもらっている占いの先生がいるのだが、最近きっぱりとこう言われたのだ。

「ハヤシさん、もうじき若い恋人が出現しますよ」

「えっ、本当ですか」

嬉しさと困惑が同時に押し寄せてきた私である。

「でも、私、年下の男の人ってあんまり好きじゃないんですけど……」

「ハヤシさんはそうでも、あちらが夢中になって押してきます。若くてすごくハンサムな男性です。ハヤシさん、とても楽しい恋愛が出来ますよ」

それ以来、私はずっとこの問題について考え、年下の男性とつき合っている友人にあれこれ質問しているのである。

「そういう心配は、相手がちゃんと現れてからしろッ！」

とそのうちの一人に叱られたが、やはり心の準備は早めにしておいた方がよいかもしれない。

さて先日のこと、近くの中華料理屋で夕飯を食べようと、夫と待ち合わせをした。場所はラフォーレ原宿前である。若いカップルがよく使うところだ。あのテの女の子には、どういう男の子が来るのかしらんと、じっと組み合わせパズルを楽しんでいたら、やっと夫が現れた。私を見て素通りしようとする。

「どうしたの、ねえ、どうしたの」

あわてて後を追うと、

「若い人の中に、オバさんがぼうーっと立ってて、目立ってみっともない」

とぷりぷりしている。そういうあんただって中年のおじさん。が、これが私のパズルの片ピースなのである。

―オヤジの秋―

　京都に仕事が出来た。ときは紅葉の頃である。

夫が海外出張で留守という幸運も重なり、一泊することにする。いつもは日帰りで帰るところであるから、何カ月ぶりかの京都の夜だ。

が、一人で行くのもつまらないので、親戚の女のコを誘う。彼女はＯＬをしていて時々京都に出張に来るらしい。そのたびによーじやの脂取り紙をお土産に買ってきてくれるやさしいコだ。

　そのお礼を兼ね、今回はうんと大人の女の京都を教えてやろうという計画である。

「夜の食事だってね、あんたが普段食べている○○弁当なんかじゃないわよ。ちゃんといま京都でいちばんおいしい店をリサーチしといてあげたからね」

「ほーんと、嬉しい！　マリコねえちゃんと一緒だと、私が一生行けないようなところへ連れていってもらって、本当に嬉しいヨー」

言葉を惜しまず、喜び上手というのがわが一族の特長である。このコもその例にたがわず、いちいち飛び上がるようにして反応するので、私はとても可愛がっているのである。

メーカー勤務の普通のＯＬである彼女は、給料も少ない。が、少ないながらも、倹約をしてお洋服を買い、いつもおしゃれな格好をしている。

私はこういうけなげな女の子を見ると、財布の紐がついゆるんでしまうのだ。なぜか関西弁になる。

「よし、せっかく京都に来たからには着物買《こ》うたる」

「えっ、ウソー」

私は彼女を後継者と定め、私が月謝を払って前から着付け教室に通わせていた。

着物に興味がない人にとって、どんな逸品もただの布キレである。私にもしものことがあったらと思い、このコに私の着物を託すことに決めているのだ。

着付けを勉強したおかげで、彼女は大の着物好きとなった。が、可哀相なことに、着ているものはいつも私のお下がりである。

呉服屋さんの店先に座り、あれこれ反物を眺める。そして店員さんからいろんなことを教えてもらう、という醍醐味を彼女はまだ知らないのだ。イヤらしいと言えばイヤらしいのであるが、着物好きの女の人にとっては、この時間というのは麻薬のようなひとときである。

　が、もちろん高級なものをプレゼントするつもりはない。

　行きつけの京都の呉服屋さんから、バーゲンのハガキが来ていることを思い出していた。着物というと高価なものに思われがちであるが、こういう時ワンピースぐらいの値段で小紋程度のものが手に入る。

　ところがもうバーゲンの期間は終わっていたのであるが、奥から赤札のついた反物を持ってきてくれた。中にローズピンクの付下げがあった。身長が百七十二センチある彼女にぴったりのあっさりとした柄だ。おそるおそる赤札をひっくり返したら、信じられないような安さであった。が、私はこの後、京都のいろんなところで、

「いやあ、このコに着物を買ってやっちゃって」

　と言いふらし、

「ハヤシさんって、本当に気前いい」

　と皆から感心された。私は愛人を連れて京都に遊びに来るオヤジの気分というのは、こういうものかなあと思ったりする。

　夜は二人で「草喰い」と銘うったお料理屋さんに行った。野菜料理が主で、時々鴨や鳩が出てくる。特においしかったのが野菜の煮つけで、ぶっきら棒なぐらいどうということのない一品だ。が、ひとたび口に入れると、野菜の味がじわんとしみてくる。

ご主人が言うには、丹波の農家が自分の子どもや孫のためにつくっているもので、普通のルートでは手に入らないそうだ。

地酒を飲んだらぼうーっとしてきた。早く帰って横になりたい気分。が、若い女のコの方は、もっと遊びたくてうずうずしている。

「マリコねえちゃん、私ね、舞妓さんって一度でいいから見てみたいよ」

彼女は憧れるあまり、京都で「一日体験舞妓」に応募した経験を持つ。その写真を長いこと持ち歩いていたものだ。

「誰か男の人が一緒だったら、どこかへ連れていってくれたかもしれないけど私には無理よ。私だっていつも誰かに連れていってもらうだけだもん……。あんなとこはね、女二人で行くとこじゃないよ」

「ふうーん、つまんないなあ」

というようなことを、次の店で話したところ、

「任せなさい。すぐに学割で呼んであげるわよ」

店のマスターが胸を叩いてくれた。そして三十分もしないうちに、まるで魔法のように美しい舞妓さんが私たちの横に座った。いくらお茶屋さんを改造したカウンターバーといっても、椅子席のところに舞妓さんが来るなんてと、私は口をぽかんと開けて見てしまう。

舞妓さんの後ろ姿しか見たことのない彼女は感激している。手持ちのポケットカメラで記念写真を撮っていた。

次の日二人で、南禅寺と都ホテルの裏山を歩く。今年は紅葉があまりよくないということであったが、黄金と赤、黄緑が重なり合う景色は、あまりにも豪華でため息が出てしまう。

写真を何枚も撮り合い、

「さ、お昼は懐石にしよう」

などという自分に気づき愕然とする。これは本当に若い愛人連れのオヤジコースではなかろうか。

大統領と「ある愛の詩」

テレビで映画「ある愛の詩」を放映していた。

これを初めて見たのはもう三十年近く前のことになるであろうか。あの頃ほんの少女だった私は、アリ・マッグローがちっともキレイじゃないと憤慨し、今ひとつ映画にのりきれなかったような気がする。

が、大人の目で見るとアリ・マッグローというのは、東洋的な感じがする美女である。何よりもたくましく知性的な容貌が、当時としては新しいタイプの女優だったに違いない。

さらに見続けると、この映画にはさまざまな隠し味が含まれていることがわかってくる。今も多分にそうらしいが、アメリカはクラス社会であること。日本人だったら頭がよければ東大だろうと慶応だろうと入学する。が、ハーバードは贅沢な私立であるために多額の学資が必要だ。子どもの時からそういう教育を受け、親が金持ちでないと〝ハーバード卒〟という肩書きは得られない。ハーバードの女子校ともいえるラドクリフもそれは同じで、それだからこそ男の方の富豪のパパが言う、

「あんなに貧しい育ちで、ラドクリフまで成り上がるとは、あの娘はえらい。しかし……」

という言葉が生きてくるわけだ。

そしてアメリカにおいて、若い夫婦がどのようにキャリアアップしていくかも、この映画はよく解説している。夫が資格を取り、エリートのお墨付きを貰うまで妻が稼ぎ家計を助ける。現代だったらこの反対もあり得るだろうが、とにかく二人で貧乏暮らしに耐えていく。

が、いったんいい年俸の仕事に就いたら、二人は住まいを変える。洋服もまるっきりよくなる。自分たちが属するクラスの住民にふさわしい外側を整えていくわけだ。

さて、すっかり、意地悪な年増になった私は、そういう状況的なことよりも、夫婦のあり方に考えがいく。

「この夫婦、二十四歳で妻が死ななかったらいったいどうなっていただろうか」

ニューヨークに住むエリート弁護士の夫婦が、中年のまっただ中に生きているとしたら、アメリカの夫婦の現実からいって破綻をきたしていると推理した方が正しかろう。

そういえばアメリカ映画で「ローズ家の戦争」という凄まじい映画があった。やはり

学生時代に知り合い結婚した夫婦が、離婚するにあたって家をどちらが取るかということで血みどろな戦いを繰り拡げていくわけである。

もし「ある愛の詩」の妻が生きていれば、五十代となって、離婚調停の場でこう主張しているに違いない。

「私はパリに留学も決まり、一流の学者としての道も拓けていました。が、それをすべて夫によって塞がれたんです。夫がロースクールに通っていた時は、私が教師をして家計を支えました。今日彼があるのはすべて私のおかげなんですから、財産のほとんどは私が貰う権利があります」

もはや若い愛人がついている夫の方は、弁護士を立てて一戦交えようとするであろう。

そう思うと「ある愛の詩」というのは、まさに七〇年代だからつくり上げることが出来たおとぎ話といえる。当時の監督や脚本家たちは、九〇年代のアメリカの家庭がここまで荒廃しているとは予想だにしなかったに違いない。

私にとってアメリカというのは不可思議な国だなあと思うのは、政治や経済をとおしてではない。男と女のモラルに関して、アメリカというところはよくわからない。

いまアメリカどころか、世界中を騒がせている事件を聞くにつけ、

「アメリカというところは、男女の問題に関して、どうしてこんなに生まじめなんだろうか」

と思ってしまうのである。

　クリントン大統領だって人のコである。自分のファンとかいう若い女の子に、こってりと色気をおくられたらむらむらすることだってあるだろう。もしバレそうになったら、「黙っててくれ」というひと言も口にしたかもしれない。それが独立検察官が乗り出す事件に発展していくのだから、アメリカというところはやることが徹底的である。

「夫婦は愛し合っていなければいけない。一点の曇りもなく誠実でなければいけない」

という信条をあの国の人々は頑固なまでに守ろうとしているようだ。

だから夫婦の愛が醒めたり、どちらかが不貞を働いたりしたら、すぐさま別れが来る。夫婦の半数以上が離婚を経験しているという国柄の根本には、やはりこの愛に関するモラルがしっかりと存在しているからだ。

　大統領といえども、これから逃れることは出来ない。もし破ったりしたら司法当局の手で裁かれるというのが、あの国のやり方である。

アメリカは経済も上向きになっている。クリントン大統領はなかなかの手腕だと世界中が認めつつある。その大統領を、たかが怪し気な小娘とのスキャンダルで辞めさせることはないではないかと思うのは、たぶん私が日本人だからであろう。わが国はと見れば、橋本総理の例の中国人女性スキャンダルもいつのまにかうやむやになっている。

「こんな大変な時に、総理を女性問題で辞めさせることもないしイ。内閣総辞職なんてことになると、お金もかかるし、ゴタゴタするし、外聞も悪いしイ……」

というのが日本人の多くのぼんやりとした結論ではなかろうか。もっとも日本人でも異なる意見の人はいるであろう。宇野総理の時、

「金はふんだくるわ、マスコミに喋るわ、あの女もよくない。言いたいことがあったら金を返してからにしたら」

という私の発言に対し、フェミニストの女性たちからお叱りをいただいた。

恋愛に関するもめごとに関し、男は常に強者で加害者だというのが、どうやらあちら側の考え方らしい。

全くむずかしい世の中になったものだ。「ある愛の詩」の世界は、全くのメルヘンになっている。

ストレス

夫や友人たちと食事をしている最中のことだ。例の〝ノーパンしゃぶしゃぶ〟のことが話題になった。

「どういうとこなのかナ」

と夫。

「いっぺん行ってみたいよナ……」

そうだ、行こう、行こうと男の人たちが盛り上がった時、私は夫の方に向いて言った。

「いつも言ってるじゃないの。五千円くれれば私がうちでやってあげるって」

私はもちろん冗談で言っているのであるが、一座がとたんにシーンとなってしまった。

しばらくしてから口の悪い友人がおごそかに言う。

「ハヤシさん、ちゃんこ鍋じゃないんだから……」

ところで私は夫よりもそういう場所での経験がある。

「ものを書く人は、やっぱりああいうところを見ておいた方がいいよ」

と、男の人たちが連れていってくれたのである。

が、私は同性の裸をライブで見る趣味は全くない。よく酔っぱらってそういうところに行く女がいるけれど、私はああいうのが大嫌いである。

今どき親の借金が原因で……などということはほとんどあり得ないだろう。女の人たちもこれも仕事と割り切っているに違いない。が、彼女たちにはプロの意地と手順があるはずで、そこへおかしな同情心と優越感を持って、女たちがどかどかと土足で踏み込んでくるようなことは絶対によくない……。

そこまで考えている私が、どうしてそのような場所へ行ったかと言うと、なんか知らない間に連れ込まれてしまったというのが正解である。私はひとり近くの喫茶店で待っていると必死で主張したのであるが、それは許されなかった。

「そういう人がいるとシラケるから」

と最後にはかなり怒った口調で言われたのである。

私はものすごく緊張して、いちばん隅の席に座ったはずだ。そこで繰り拡げられた過激なショーやゲームのことをここで書くのはちょっと気がひける。が、私のよく知っている男性たちが、いきいきととても楽しそうにそれに参加していたことをぼんやりと思い出すのだ。

世間的に名前を知られ、地位もある男性たちが、エッチなゲームを嬉々として行っていたのである。それは照れと紙一重のものだったとしても、私には驚きであった。

「どうしてこんなことに、こんなに楽しそうになるんだろう」

私は〝ノーパンしゃぶしゃぶ〟の女の子に直接聞いたわけではないので、あくまで推理なのであるが、彼女たちはやってくる客のことをそう嫌悪していないのではなかろうか。軽蔑もしていなかったような気もする。

こんなに嬉しそうにしてくれるなら、ま、いいか……と彼女たちとオジさんたちとの間には奇妙な連帯感が生まれていたかもしれない。

こういうことを言うとキレイごとに聞こえるかもしれないが、私はこの世で仕事として成り立っているものの中に、しんからくだらなくて卑しいものは何ひとつないような気がする。週刊誌を開くと、どれもこのノーパンしゃぶしゃぶのことを、この世でいちばん愚劣な場所のように書いてあるが、ストレスのたまったオジさんたちの大きな慰めになったことは確かであろう。

そういう〝性〟に関わる遊び場の代金を他人にたかろうとしたり、そういうことでビジネスを有利に運ぼうとした男は最低である。が、こうした記事を書いているマスコミの男の人が、いかにああいう場所を好むかということも私は知っているのである。ストリップ劇場などはへんな哀愁を持って盛んに持ち上げるくせに、こうした新興の風俗にどうしてマスコミは冷たいのであろうか。これも私にとって謎のひとつである。

謎といえば、ストレスと性欲というのは私にはわからぬことが多い。私の知っている人が国会議員に立候補し、当選した。先日久しぶりに会ったら、感慨深げにこう言ったものだ。

「政治家っていうのはさ、夜集まっちゃいろんなことを企むんだ。毎夜毎夜、政治論争しているとさ、性欲が異様に昂まってくるんだよな。オレさ、政治家になって政治家がどうしてスケベなのかやっとわかった。スケベなのはだな、もう職業病なんだ。オレは政治家に妾がいて何が悪い、日本のためを思うなら法律で認めろ、っていう気分になってくるね」

と熱心に語ったものだ。

また私の友人は超エリートと呼ばれる人なのであるが、アダルトビデオのコレクターとして知られている。彼の部屋に遊びに行ったら、ずらりとビデオが本棚に並び、本はただ一冊『女子大生ナンパ術』というやつであった。

この男性が三年前海外勤務となった。ついては膨大なコレクションの中から、何本か私にあげたいというのだ。そんなもんいらない、と言ったのであるが、とりあえず二十本預けられた。かなりの大きさとなったので、帰りに車で送ってくれるという。青山の道を走っていたら、人だかりのするビルの前に出た。オウム真理教の本部の前を、多くのマスコミ陣が囲んでいた頃だ。私は叫ぶ。

「わーん、もし毒ガスか何かでやられたら、私は死んでも死に切れないよ。ハヤシマリコの死体と一緒に、アダルトビデオ大量に発見なんてさ」

始末に困ったこのビデオを、私はそのまま友人にあげた。

「絶対に私からなんて言わないでね」

と固く約束したのに、ホームパーティーの際、この女は、

「ハヤシさんから貰ったアダルトビデオを皆で見ましょうよ」

と大きな声で言ったのだ。この時も、

「見よう、見よう」

といちばんしつこかったのは、やはり世間ではエリートと言われている人だったっけ。向上心や勉学心、そして普通の人よりも多い好色さが、同じ脳の中をぐるぐるとからみ合ってまわっている。そういう人たちが、日本を動かしていると思うと、面白いが怖い。もっと不思議なのは、そういう男性と結婚して、一緒に暮らしている奥さんたちだ。あいう男と暮らせるのも、一種の才能だと思っている。

――小さな親切――

ちょっとした親切をしたばかりに、大恥をかいた、というケースが私の場合実に多い。

つい先日のこと。五月晴れの午後であった。表参道で信号待ちをしていたら、修学旅行のバスが私の前で止まった。小学生がいっぱい乗っている。そのうちのひとりが、遠慮気味に、信号で待っている人たちに向かって、手を振り始めた。が、まわりの大人たちは誰も応えようとしない。私はちょっと可哀相になり、片手を上げて小さく振った。

その子は嬉しがってさらに調子にのり、大きく手を振る。仕方なく私も大きく手を振る。するとまわりの子どもたちも彼の真似をし始めた。いつのまにか一台のバスの子どもたちが、いっせいに私に向けて手を振り始めたではないか。

私は苦笑しながらも挨拶を返す。途中からかなりオーバーアクションになったかもしれない。

やがて信号は変わり、バスは去っていく。後に私が残された。気がつくと、道路の向こう側の人たちが、皆私を見て笑っている。

さぞかし馬鹿な動きをしていたのであろう。しばらくはまっすぐ歩けないほど恥ずかしかった。

これは何カ月も前のことになる。昼間の山手線は空いていて、席の数と座れる人との数がほぼぴったり、というよい加減であった。こういう時ほど、人は席を譲りたくないし、また譲りづらいものである。

やがてドアが開き、七十歳ぐらいのお爺さんが乗り込んできた。失礼ながらホームレスの一歩手前、といった風体だと思ってくだされぱいい。

このお爺さんはわざとらしく通路の真中でよろめくふりをしたりする。けれども誰も席を立とうとしない。私はちょっと目立ってイヤだなあ、と思ったけれども席を譲ることにした。

「ありがとう。ありがとう」

ところが、そのお爺さんときたら、席に座るやいなや、大きな声で演説を始めるのだ。かなり酔っているらしい。

「みなさん、今どきの若い人は誰も席なんか譲りゃしませんよ。今みたいな人はまれですからね」

昼間の山手線はしんとして、お爺さんの声は響く。近くに吊り革を持ってひとりだけ立っている私は、どう見てもさらし者である。

「こんなに親切なお嬢さんはめったにいません。いやあ、お嬢さん、ありがとう」

〝お嬢さん〟という言葉に反応して、席に座っている人たちはぷっと吹き出した。私は恥ずかしい、というよりも怒りでかっと顔が熱くなる。席を譲っただけで、私はどうしてこのような仕打ちを受けなくてはいけないのだろうか。

しかもこの爺さんは、たった一駅で降りていったのだ。私は元の座席に座るわけにもいかず、こそこそと別の車輛に移った。

「くっ、くっ、あの爺さん、人の親切を仇で返して……」

今思い出しても、情けなく口惜しい。

ところで、生来ソコツ者の私は、よく他人さまからご注意を受ける。

「クリーニングの札が、裾から見えてますよ」

「コートの紐をひきずってますよ」

もちろん、ありがとうございます、とお礼を言うけれど、あんまりいい気はしない。このあたりが人間の心の複雑なところである。

夫が浮気すると、たいていの妻は、夫を責める前に、相手の女の方を憎む。その女が悪いのだと決めつける。それとちょっと似ているかもしれない。

そういうだらしないことをしている自分に非があるのに、人前で注意された恥ずかしさゆえに、何とはなしにその人のことを小憎らしく感じてしまうのだ。

この頃私はめったに着物を着ないが、和服の時のおせっかいおばさんの数たるやすごい。トイレへ行き、手を洗った後に帯のはねを直そうとすると、その前に必ずどこから手が伸びてきて、

「帯がハネてますよ」

と勝ち誇ったような声が聞こえてくる。着物について注意するおばさんの声は、他の時よりも二倍ぐらい大きい。私は体験上、はっきり証言出来る。このおせっかいおばさんのせいで、着物を着るのがイヤになったという若い人がいるぐらいだ。

これは一カ月前のこと。私鉄の電車を待っていたら、向こうから六十歳ぐらいの女性が歩いてきた。

ピンクのワンピースに、花のついた帽子という派手な格好でかなり目立った。お化粧もかなり濃い。

この女性は私の向かい側の席に座ったので、よく観察出来た。

水商売の人には見えないなあ、金持ちの奥さんで、時々こういうとんでもない格好をする人がいるけどなあ……。

二つめの駅に着いた。小さな駅だから降りる人はまばらだ。その女性も私も降りるために立ち上がる。彼女がドアに向かうため、私に背を向けた。その瞬間私は息を呑んだ。

ジッパーが開いているのだ。それも四分の一とか半分とかいう生やさしいものではない。お尻の真中ぐらいまで服がぱっくりと裂けている。

いくらピンクを着ていても、やはりお年ということか。晩春の頃だったので、ベージュの厚ぼったいシャツとパンツをお召しなのだが、それが丸見えなのである。

私は先に歩きながら考える。注意すべきかどうか。このまま知らん顔をしたら、この方はパンツを皆に見せることになる。注意をするとしたら、よほど恨みを買わないようにしなければならない。これほどの失態を、同性に指摘されたら、かなり滅入ってしまうだろう。さりげなく寄っていって、「失礼」と一言だけ言い、ファスナーを上げてあげるのがいちばんいいかもしれない。

私はゆっくりと階段を上がるふりをして、彼女を待った。もう人も少なくなったこの場所なら、私の親切も素直に受けとめてもらえるだろう。その時、階段の下から、男性の大きな声。

「おばさん、ファスナー開いてるよ、全開だよ」

「あ〜まあ、どうも」

ちょっと照れた明るい声。

そうか、何もこれほど気を遣うことはないのかと、かなり拍子抜けしてしまった私である。世の中ってもっとシンプルに出来ているのね。

―人生観―

週に一度、東洋医学の治療に通い始めた。治療院の場所は築地にある。銀座に隣するここ築地は、食のワンダーランドといってもよい。食いしん坊の私にとって、それこそ胸躍る場所なのである。

シロウトだから市場には入れないが、場外市場というテがある。ここでマグロの大きな切身を買い、ヅケ丼にしてたらふく食べた。

市場から少し離れたところには、有名なダシの専門店があり、それはそれは見事な昆布が並んでいる。料亭の人が買いにくるということで、カツオ節は大袋売りだ。試しに買っていって、うんと丁寧なダシをとったら、我ながらうなるようなお吸い物が出来上がった。

先日は前から気になっていたお豆腐屋さんで、おぼろ豆腐とガンモドキを買った。ガンモドキは茄子と煮《た》き、お豆腐の方はショウガとおカカでさっぱりといただいたが、そのおいしいことといったらない。友人にも頼まれたので、今度行く時少し多めに買うことにしよう。

さて築地というところは食材だけではない。おいしいお店がどっさりある。しかもどこも安いのだ。

フランス料理店や割烹カウンターのランチを片っぱしから試したこともある。アンパン専門店、天むす専門店というのもある街だ。中でも特筆すべきことは、立飲みコーヒーとお握りが充実していることであろう。

治療院の先生がおっしゃるには、このあたりは大企業が多く、お握りは昼食として人気がある。だからどの店もしのぎを削っているらしい。

「ここはおそらく、日本でいちばんのお握り激戦区でしょう」

と先生。古いつくりの米屋さんの一角がお握りショップになっていて、湯気でラップがくもったのを売っている。そうかと思えば、ラーメン屋さんが店の前に屋台を置いてお握りを並べているのだ。

一度アンパンとお握りを買い、近くの出版社に行く時にお土産替わりにしたら大層喜ばれた。

こうして築地に行くようになってから、私はますます料理が好きになっていくのである。忙しさのあまり店屋ものをとったり、パートの家政婦さんにお願いすることもあるが、基本的には毎日私がつくっている。

時間の無い時は、てっとり早く炒め物や揚げ物にし、

「カロリーが多過ぎる」

と夫に小言を言われる私であるが、時間がある時はわりと凝る。

私は最近はっきりとわかったのであるが、世の中の女性は、

①料理好きの掃除嫌いか

②掃除好きの料理嫌いか

にはっきり二分出来る。昔はナンセンスだと思っていた分類の仕方であるが、この頃これほどはっきりした真実はないような気がする。私のまわりを見わたしてみても、すべてどちらかにあてはまるから面白い。

ごくまれに、

「私は掃除も好きだけど、料理も大好き」

という人がいるが、この場合どちらもいまイチということが多い。どうやら掃除の整理能力と、料理のクリエイティブ能力とは相容れないものらしい。

家中ぴかぴかに飾りたてた家で出された食事が、あまりにも粗末で味つけもよくなかったという例がある。

もっともあちらの方にしてみれば、

「あんな汚ないとこで食事して、よく気持ち悪くないわね。いくらおいしい、って言ったってまっぴらだわ」

と私のことを思っているに違いない。

私などはテーブルの上を片づけるよりも、絹さやの筋をとる、というようなことを何年もしてきた。

「ホコリで死なない」

というのは全国のだらしない人たちが、必ず言いわけに使う言葉であるが、やはりこれは正しい。私はすべてに優先させて食事のことを考えるので、片づけはつい後まわしになってしまうのだ。

少しは散らかっていても、おいしいものを食べられたら、それがいちばん幸せと思えるかどうかは、その人の人生観にかかっている。

ところで私は三日前、ある男友だちとデイトをしていた。出かけたところは新しく出来た和食屋さんである。

彼は出される料理を次々においしそうに食べた後、こんな愚痴をぽろりとこぼした。

「今日誘ってくれてありがとう。月曜日は必ず外で食べてきてって、うちの奴に言われてるんだ」

お稽古ごとに行っているらしい。ちなみに彼の奥さんは、ひとまわりどころか二十歳以上年下である。会社のアルバイトに来ていた女子大生を、バツイチの彼が見初めたのだ。

「おたくの奥さん、料理大丈夫なの」

私はつい気になって尋ねてみた。

「まるっきり苦手。いつもめんどうくさい、疲れる、って言ってる。まあ、週末ぐらいはちょっとしたもんをつくってくれるけど」

「ちなみに昨夜の日曜日の夕飯、おたくでは何を食べたの」

「スパゲティ」

彼は恥ずかしそうに答えた。

「えー、それ昼ご飯じゃないの。夕食ならスパゲティの他にも、イタリアン風のものがいろいろ出たんじゃない」

「いや、スパゲティだけだ……」

「ちょっとォ、おたくの奥さん、専業主婦でしょう」

女というのはこういう時つい張り切って声が高くなってしまう。

「ちなみに昨夜のうちのメニューは、ひとロカツ、カボチャの煮たの、そら豆、新じゃがのおみおつけ、アスパラガスのおひたしよ」

「いいなあ……」

「でもね、あなたは若い女が好きだから仕方ないのよ」

きっぱり言ってやった。若いキレイな女と暮らし、毎晩ひどいものを食べさせられる日常、それに耐えるか、同い齢のオバさんと暮らし、うまいご飯を食べるのとどちらを選ぶか。これも人生観の違いというものであろう。

魚の名前

向田邦子さんの短篇に「花の名前」というのがある。新婚間もない頃、夫は花の名前がほとんどわからなかった。妻は少々得意がっていろいろ教えてやる。けれども中年になり、夫婦の心は離れかけていく。夫はたくましくさまざまなものを知り、身につけ、もう妻に教えを乞うようなことはなくなっている、といったような内容だったと思う。

私もこの小説の中の夫と同じで、花の名前をきちんと言うことができない。花屋さんに行っても、

「この白いの」

「このピンクのバラみたいなやつ」

と指さしてことを済ませる。女として本当に情けない。私はもともと記憶力というものが欠如していて、たいていのものはたれ流し状態である。知識や記憶が脳にとどまっ

てくれないのだ。

花以外にも、魚が全く駄目だ。食べ物について、いろいろきいた風な口をきくくせに、魚の区別がまるっきりつかないというていたらくなのだ。カウンターの前に座って、ちょっと何か言おうものならたちまち恥をかく。

「おいしいヒラメですね」

「いいえ、これはスズキです」

などというのはまだ許される範囲であろう。つい先日は、これは珍しい鮭で、などと講釈を垂れていたら、板前さんにやんわりと言われた。

「これは鱒《ます》なんですけどね」

ああ、恥ずかしい。

ワインの名前も全く憶えられないし、魚も駄目。食通と呼ばれる人は、皆さんものすごい知識をお持ちだ。ひと口食べると、

「ああ、これは徳島の鮎だね。もう吉野川から獲れますか」

なんて言ってる。本当にすごい。

私は魚の方も気になるが、女として花の方面に詳しくなりたいと切実に思うようになった。幸いうちには毎月「花時間」という雑誌が届けられる。

それはそれは美しいフラワーアレンジメントの専門誌である。それを見ていたら、私

もお花を習いたくなってきた。

折も折、バー「ラジオ」の尾崎さんが、生花を教えてくれるというニュースが伝わってきた。「ラジオ」というのは、東京一の名店とされる。カクテルの味はもちろん、グラスや調度品すべてに神経がいきとどいている。客もマナーが大切で、大きな声で喋ると、たちまち尾崎さんに注意される。二十代の頃、私は緊張のあまり貧血を起こし、スツールごと倒れたことがあるぐらいだ。

それはともかく「ラジオ」はいつ行ってもお花が素晴らしい。尾崎さんがアレンジメントしているのであるが、ライトの下、どっさり盛られた花は圧巻である。

その尾崎さんが知り合いのサロンで教えてくれるというのでさっそく申し込んだ。前期で三回あるという。

当日はエプロン、花瓶、ノート、カメラ、花鋏を持ってきてくださいとあらかじめ通知が来た。私はこういう時、不安でたまらなくなる。五歳の幼稚園児の頃から、私は通知どおりの品物をきちんと持って行ったことがない。必ずといっていいほど何かを忘れる。

前の晩はすべての品物を揃え、紙袋に入れるという私としては珍しいことをした。地下鉄で向かいながら、私は次第にうきうきした気分になってくる。

「やれば私だってちゃんと出来るじゃん。そうよねえ、お稽古ごとのいいことは、こういうきちんとしたことをしているうちに、きちんとした人間になれるっていうことよねえ」

ところがいざ、お稽古場のサロンに着いて私は青ざめた。詰めが甘かったのである。いい加減に持ってきたサロンエプロンは、私の胴まわりにはきつくて、どう頑張っても後ろのボタンを止めることが出来ない。

「どうして一回ぐらい着て試さなかったんだろう」

唇を噛んでももう遅い。おまけに箱ごと持ってきた花鋏はひどくさびているのだ。私はそれを握り、背中がぱかんぱかんと開くエプロンを着た。こんな私にお花を習う資格なんかないとつくづく思った。だらしなさを絵に描いたみたい。

尾崎さんが黒板にアレンジメントの図を描き、それを見ながら十数人の生徒は花を生け始める。たいていの人が、池坊とか他のフラワーアレンジメントを習っていたようだ。手つきがまるで私と違う。私ときたら、花鋏を手にするのも初めてぐらいである。ぎこちない手つきで、パチンパチンと茎を切っていく。そして長さを加減しながら剣山《けんざん》にさしていった。

こういう時、私は一生懸命になる。他のことは何も考えられない。記憶力はないが、集中力はあるのではないかと思う。口もきかず四時間、二種類の花を生けた。終わった時には疲れのあまり、口がきけなくなってしまった。

サロンが終わった後、ケーキと紅茶が出た。みなで楽しくお喋りしましょうという趣向らしい。が、私は精も根もつき果てていた。ケーキをものも言わずガツガツと食べ、そのまま帰ってきた。

結局、三回の講習のうち、私は二回だけ通い、何とか花鋏の持ち方ぐらい出来るようになった。水揚げというのもどういうことかやっとわかった。

人間、無知から前進するというのは、なんと素晴らしいことであろうか。あれ以来、私は花屋さんに行くと、種類がわかる花がぐっと増えた。

そして私は、次に割烹を習いたいなあと考えるようになった。魚を自分でさばけるようになりたいと思うようになった。そうすれば魚の世界はぐっと拡がるに違いない。魚の名前を知って何がエラいか、と言われそうであるがやっぱりエラい。自分が今、いったい何を食べているか全くわからない人よりもずっとエラい。

つい昨夜、イタリアンレストランで凝った前菜が出た。野菜を巻いてそれにとろりとしたソースがかかっている。

「おいしいアナゴですね」

「いいえウナギです」

こんな会話に別れを告げたいのだ。

――恐るべし、松田聖子――

高輪プリンスの柱の陰から、聖子が真白いウエディングドレスで現れた時、テレビを見ていたほとんどの人は、「おお」と叫び声をあげたのではなかろうか。

それは「やった」「さすが」という賞賛と「よくもまあ、しゃあしゃあと……」という呆れる思いとかが入り混じったものではなかろうか。いずれにしても、彼女は我々の意表を衝いたのである。再婚だし、もうトシだし、子連れだし、せいぜいが白いスーツを着るぐらいだろうという私の考えが、いかに甘いものかということをつくづく思い知らされた。下品な言い方をすると、やっぱり聖子はそんなタマではなかったのだ。臆面もなく白いヴェールをかぶり、バージンロードを歩いてこその聖子だったのである。

もっともそのウエディングドレスは、一回めの時よりもはるかにおとなしくなっている。ひょんなことから、私はあの〝聖輝の結婚式〟に招待されるという僥倖《ぎょうこう》に恵まれたが、二十三歳の聖子のウエディングドレスは、もっと華やかにふくらんでいたものだ。

二回めのドレスは、ほっそりとしたラインになり、十三年という歳月を表している。が、その分胸ぐりがぐっと大きくなっていることに私は注目した。もう忘れている方も多いかもしれないが、やはり三十六歳で結婚した小柳ルミ子のウエディングと酷似している。三十代の女性というのは、二十代の女性に比べて不利なことが多いが、幾つか勝っているものもある。こってりと脂ののり始めたデコルテの美しさは、とうてい若い女性のかなうものではない。ルミ子も聖子も、自信のある胸元を強調するというコンセプトに出たわけである。

胸元の美しさばかりではない。三十六歳といえば女盛りの真最中だ。聖子でなくても男性が必要な年頃である。これに関して、この数年聖子はミスばかり犯していた。ジェフとかアランとかいうくだらない男にばかりひっかかっていたのだ。彼女は外国人好きのように言われているが、それは単純な指摘だと私は以前から思っていた。血の気の多い女によく見られる現象であるが、彼女は「劇的」ということが好きなのだ。外国における外国人との恋は、彼女のその嗜好をかなえてくれるかに見えたこともあったろう。が、所詮カスとの恋は、カスな思い出しか残らない。

一年三カ月前、私は聖子の離婚に関してやはり原稿を書いた。その中で二つのことを予言したと思う。一つは聖子の人気は下がり、二つめは聖子は既婚女性としての尊敬を払われなくなるということだ。神田正輝という人がいるからこその、さまざまな遠慮や気遣いもあったが、もはやマスコミは野放図に記事を書き始めるだろうと。人気が下がる、という予想ははずれたが、二つめは的中したと思う。この一年、聖子への攻撃はすさまじかった。逆セクハラ騒ぎがあり、アメリカでの行動もあれこれ下品な推測をされた。ある女性週刊誌の中には、

「アメリカで聖子は娼婦と同じ」

という見出しをつけたものまであるぐらいだ。が、ここまで聖子は耐えた。沈黙を守るという賢い方法をとった。彼女が我慢が出来なかったのは『ダディ』以来、マスコミが、いや日本中が郷ひろみと聖子をくっつけようとしたことであろう。「虎視たんたんとチャンスを狙っている」などと書かれた夜は、彼女は無念さのあまり眠れなかったに違いない。

聖子がひろみのことをまだ忘れられないというのは、

「女は初めての男のことをずっと思い続ける」

という男性の勝手な幻想に基づいているのであるが、聖子は今度の結婚でそれをあざ笑ってやったのである。

相手は歯科医だという。聖子は「一般人」であることを強調し、会見にも一人で臨んだ。これは実にうまい作戦である。音楽プロデューサー、TVディレクターという〝準芸能人〟が相手であったら、マスコミの攻撃は多少なりともあったに違いない。けれど

も、

「普通の生活をしているまっとうな男の人」

となるとマスコミも一線をひかざるを得ないのだ。聖子の陣地はこうして守られたのである。ハンサム、年下という条件も、世の女を羨しがらせるのに効果的である。

私は断言してもいいのであるが、三十六歳の聖子はこの後、ひとりか二人子どもを産むであろう。沙也加ちゃんの時は忙しくてちょっと無理であったが、今度の子どもは違う。高年齢出産ということで皆をひれ伏させた後、〝聖母子像〟を演じていくはずである。聖子は永遠にそのパワーを保ち続けるのである。

ところでこう書いてくると、聖子がいかにも、計算高い女に見えるかもしれぬがそうではない。天性のスターというのは、無意識のうちに自分の人生を演出してしまうところがある。人を驚かせたり、人を喜ばせる方向に自分の人生の向きを変える。そのために傷つくことも多いが、やはり平凡なおとなしい生き方など彼らは出来るはずはない。

ウエディングドレスを着、艶然と微笑む聖子は時々頷く。それは「わかっているのよ」という了解の動作に見えた。

「何だかんだ言っても、みんな私のこと、好きなんでしょう。私はスターでしょ」

そのとおりと私はテレビの前で、いつのまにかこっくりしているのである。

みんな誰かの愛しい女

1998～

――フォローになってない！――

今日はとても忙しいスタートであった。朝食もそこそこにシャワーを浴び、髪を洗った。早い時間から撮影があったのである。こういう場合、髪も体も洗いたてにしてスタジオに向かうのがモデル（？）のたしなみである。

スタジオに到着すると、さっそく何点かのドレスの中から着るものを選び、プロのヘアメイクの方にお化粧をしてもらう。こういう仕事がたまにあると楽しいったらありゃしない。自分が女優さんかタレントさんになったような気分になる。あれこれいじってもらい、ちやほやしてもらい、血液中の美人濃度（もしそんなものがあるとしたら）が、いっきに上がっていくのがわかる。

おまけに今日のヘアメイクの方は、売れっ子中の売れっ子で、かの松田聖子ちゃんの専属である。私の眉は確実に十五度きりっと上がり、すごく流行っぽい顔になった。ポラ写真を貰ったが、まるで自分じゃないみたいだ。私はこういうポラは必ず家に持って帰り、夫の机の上に置いておく。サインペンで吹き出しをつくり、「お帰りなさい、美人妻より」

なんて書いておく。が、たいていの場合無言で払いのけられる。本当は嬉しいくせに。

さて、自慢話はさらに続くのであるが、どうして今日そんな撮影が行なわれたかというと、私のパンフレットをつくるためである。なんと私は、今年の「ダイヤモンド・パーソナリティ賞」に選ばれたのだ。これは世界のダイヤモンドを扱う広報センターが主催するもので、宝飾業界やマスコミの人々の投票により、その年最も輝いた女性が受賞することになっている。ちなみに昨年の受賞者は黒木瞳さん、その前年度は草刈民代さんということでこの賞の性格と系譜がわかっていただけるだろうか……フフッ。もちろん私の受賞は、妊娠騒ぎの前に決まっていたことで、自分じゃ言いづらいけれども、長年にわたる作家としての活動と、女性としての輝きに与えられるということである。

賞品はトロフィーと、なんと私のために特別デザインしてくれた一千万円相当のダイヤの首飾りである。今日はそれを着用しての撮影だったのだ。出来るだけカジュアルな形のデザインを選んだのであるが、やっぱりいいダイヤは光り方が違う。ダイヤ疲れとでも言うのだろうか、二時間首にかけていたらぐったりと力が抜け、午後からは昼寝をしていた。

ところでこの受賞に関して、ロンドンから世界ダイヤモンド協会のえらい方が日本にいらっしゃった。恒例として受賞者はこの方と対談することになっている。

先月のこと私は約束の場所に向かった。こういう時、つい卑屈になるというか、つまらぬ愛想を口にするのが私のよくない癖である。いかにもイギリス人らしい品のいい紳士は、おめでとうと言って私と握手した。だけどこの人、内心がっかりしているんじゃないかしらん。

「すいませんねえ……黒木瞳さんの後じゃ私もつらいの。」

私は言った。

「綺麗な女優さんなんかが続いた後で、私みたいなオバさんで」

「いや、いや、とんでもない」

彼は大げさに首を横に振った。こういう時にはたいてい、

「あなたもとてもチャーミングですよ」

ぐらいのことは言ってくれるものだ。私も実はそれを期待していた。ところがこのおじさん、何て言ったと思います。

「以前はスモウレスラーも受賞しましたからね」

実はこの賞、五年前ぐらいまでは男女ひとりずつ受賞者がいたのだ。七、八年前に貴乃花関がダイヤモンド・パーソナリティ賞をもらった。彼はその時のことがとても印象に残っていたらしい。しかしよりによってスモウレスラーと一緒にするなんて……。さ

っそく友人にこのことを話したら、

「ちっともフォローになっていないよね」

と同情された。

そういえば思い出すことがある。今年の春、モンゴルに旅行した時のことだ。生まれて初めて乗馬というものをした。私は出発前に、夫からさんざん言われていたことを思い出す。

「君が馬に乗ったりしたら、動物虐待になるからそんなことはしないように」

今より数キロ太っていた私は、確かにデブであった。私はモンゴルの牧場でこのことを通訳の女性に話した。すると彼女、何て言ったと思います。

「そんなの平気よォ、このあいだはプロレスラーが乗ったもの」

この時も近くにいた人からいっせいに、

「そのフォローはないよ！」

という声がとんだ。どうしてイギリス人だろうとモンゴル人だろうと洋の東西を問わず、発想するものは同じなんだろうか。かなり腹が立つ。

かく言う私は、かなりフォローがうまい方じゃないかと思う。私は他人の言動でかなり傷つきやすい方なので、人に向かってはとても気を遣う。嫌な人間に対してはそりゃあ意地が悪いけれど、普段はとても優しいの。

「私は高卒だから」

と言う人がいれば、

「今はね、つまんない大学出ているより、高卒の方がずっとカッコいい時代なの」

と言い、

「私はもう年だから」

と嘆く女がいれば、

「年よりもずうっと若く見えるよ。それに私のまわり見てても、四十代、五十代の女ってすごくモテるってば」

と励ます。

が、こんな気遣いの私もしばしば失敗することがある。一度お話ししたと思うけれども、何年か前このページでこんなことを書いたことがある。

「政治家になると、下の歯が出てきて人相が悪くなる。たとえば鳩山由紀夫さん」

しかしその当時、由紀夫さんの方はまだ政治家としてそれほど顔が知られていらっしゃらなかった。ある時偶然由紀夫さんとお会いしたら、笑いながらおっしゃった。

「ハヤシさんに人相が悪くなったって書かれちゃった」

「すいません。邦夫さんと間違えてました」

私は素直にすぐ謝ったのだが、これこそ全くフォローになっていない。本当に口は災いの元である。

――私の写真――

用事があって山梨に行ったついでに実家に立ち寄る。来年「山梨県立文学館」で、山梨ゆかりの女流作家の文学展をする。その際いろいろな資料を出してくれという依頼があったのだ。子ども時代の写真、作文などが欲しいという。

幸い子ども時代の絵や作文は、母がまとめて保存してくれていた。中を開けて驚いた。自分で絵を描き表紙までつくった詩集、小学校三年生で書いたシナリオなどがあるではないか。平凡な、どうということもない女の子だと思っていたが、現在の職業はやはり成るべくして成ったのだとひとり感心した。

が、問題は小学校、中学校時代の通信簿である。私の記憶だと中の上ぐらいだったはずだがとんでもない話で、ほとんどが3で4がちょぼちょぼ、中には2もある（体育ですが）。おまけに教師の所見のところには、

「授業中軽はずみな言動が見られる」

などとあり、なあんだ今と全く変わってはいないではないかと顔が赤くなった。これは絶対に他人に見せないことにしよう。間違っても文学展の展示品などにはしない。

などということを話したら、父が大反対した。

お前みたいに成績の悪い子どもでも、頑張れば何とかなるということで、多くの人たちの励みになるかもしれない。そういうものは隠さず、人に見せるようにというのだ。

「冗談じゃない。私にだってイメージっていうもんがあるのよ」

私は引き出しをかきまわし、何とか「ましな通信簿」を探し出そうとしたが無駄な努力であった。その代わり「健康カード」というものを発見する。体重がすごい。中学の終わり頃にはかなり肥満していることがわかり、これもずうっと隠しとおすことにする。

そんなことより何よりショックなことがあった。子ども時代の写真がいっぱい出てきたのだが、どれも可愛いのである。あまりにも可愛いので、私は呆然としたぐらいだ。

何なんだ、これは。

母親が手をかけてくれ、手づくりのスカートやワンピースを着ている。近所で洋裁をしている人がいて、その人からも素敵な服をつくってもらっている。白いソックスにベレー帽、笑顔だっていいぞ。小学校の六年生ぐらいの時、私は身長が既に百六十センチあったから、ブルーマーから伸びている足も長くて綺麗。このままいけば、田舎でそれなりの「おしゃれで可愛い女の子」に成長したはずだ。しかし中学生になったとたん、私はがらっと変わり本当に小汚くなっていく。もはや母親が世話をしてくれなくなる年代だが、その代わりしゃれっ気も出てくるはずだ。それなのにいつも薄汚れたセーラー服を着て、髪の毛もばさばさのままである。体にぜい肉がつき、顔も思春期独得のぼんやりとした脂肪でおおわれているのがわかるのだ。表情も暗い。ずうっと大人になってからだが、私は当時の写真を見つけ「ヒエーッ」と悲鳴をあげたことさえある。

髪をひとつにゴムでしばり、カメラを睨むように見ている。その頃私の目はひと重《え》で、重たい脂肪によってとても怖い三白眼《さんぱくがん》だ。

「見て、見て、こんなに凄い顔をしてたんだ」

と友人に見せびらかしたところ、中のひとりがつくづく言った。

「普通あんな写真を見つけたら、泣きながら焼くだろうに、面白がって人に見せるところがフツウじゃない」

私は幼い頃の写真を見ているうち、次第にせつなくなってくる。女の子にとってメンタリティがいかに顔に出るかということを身にしみて知ったのだ。どうして中学生になった私は、こんなに投げやりになっていったのか。家庭的なことか、それともいじめられたことが原因なんだろうか。

無邪気な顔をしたそれなりに可愛い子が、思春期の門をくぐるやいなや、こんなブスな暗い子になってしまうなんて……。私は私の過去が可哀相で、思わず涙ぐんでしまいそうになった。

そんな私も高校に入ると少し持ち直す。先生や友人に恵まれ、皆から「面白いコ」と言われるようになってからの私の表情はぐっと明るい。しかし相変わらずデブだ。道を完全に踏みはずしてしまったらしい。

こういう時、親を責めるのが私のいつもの癖である。私は母に言った。

「私の子どもの時の写真見てたら、途中まではわりといい格好して、顔も可愛いのに、ある時からひどくなったよ。あれはあきらかに親が手を抜いてるんだよ」

母は私の抗議を全く別のことのようにとったようだ。何か思い出したようにつぶやく。

「そういえばいいところのお嬢さんというのは、子どもの時はそうでなくても大人になるとどんどん綺麗になっていく。あれは本当に不思議だねえ」

大きな声では言えないが、あのやんごとなき方のお嬢さまは、最近お母さまに似てとても美しくなってきた。全くどういう作用が働くのだろうか……。

「そうだよ、家庭環境っていうのは大切だよ。私が子どもの頃は、お父さんとお母さんは喧嘩ばっかりしていた。はっきり言って家の中は暗かったよ。そのおかげで私はどんどんブスになっていったんだよ」

思えば子どもの時から私は、父親にそっくりだとよく人から言われていたものだ。享楽的でいいかげん。努力家で几帳面な母の遺伝子が出てきたのはつい最近のことだ。

「あの頃はお父さんの遺伝子が強いばっかりに、私はずぼらでだらしない女の子になっちゃったんだ。おかげでモテなかったし、立ち直るのに時間がかかった」

「親のことをそう悪く言っちゃいけない」

母が強い口調でたしなめた。

「お父さんの性格を受け継いで、随分得したことがあるはずよ。あなたの楽天的でへこたれない性格、それから自惚《うぬぼ》れの強いとこはお父さんから貰った大切なものだよ」

そうか、半日自分の幼い時の写真を見比べ、過去に思いを馳せることが自惚れでなくて何であろうか。久しぶりに自分にどっぷり浸り、自分に遊んだ時間である。私ぐらい私に興味を持つ人間はいない。物書きになったのも当然か……。こんなことを再確認するために、故郷と実家の納戸はあるのだ。

——バブルのカップル——

日米野球で、あのホームランバッター、サミー・ソーサ選手が来日した。彼の傍には輝くようなブロンドの美女が寄り添っている。奥さんだという。ドミニカ共和国出身のソーサ選手といつもぴったりいるから、なんだかやけに金髪と色白の肌が目立つのだ。この二人を見て久しぶりに「トロフィー・ワイフ」という言葉を思い出した。もう七、八年前に読んだ本だから、今とちょっと情況は変わっているかもしれないが、アメリカの社会においては離婚はそう珍しいことではない。成功した男性は中年になると妻を取り替える。現在の自分の収入や社会的地位にふさわしい、美しく教養のある女性を選ぶというのだ。つまり人生の褒賞というべき妻、「トロフィー・ワイフ」ということである。

多分若いソーサ選手は初婚だと思うのでこの言葉があてはまるかどうかわからないが、すごい美人の白人の妻は、彼が成功して手に入れた最も大きなものに違いない。余計な

お節介だと重々承知で言うのであるが、どうかずうっと添いとげて欲しい。間違っても何年か後に、

「ソーサ選手、別れた妻に十億円の慰謝料を要求される」

などというニュースが入ってきませんように。

と私がつまらぬ心配をするのは、マリアンだとか、松方弘樹さんとか有名人の離婚騒動が続いて起こっているからであろう。スターのスケールとしては、松方さんの方がずっと大きな話題となっているが、私はマリアンのケースが面白くて目を離せない。絵に描いたようなバブリーなカップルであったからだ。

こんなことを言うと失礼であるが、マリアンの結婚というのは、最初からあまり好感を持たれていなかったと思う。それは彼女のキャラクターがどうのこうのというよりも、美人タレントと、当時飛ぶ鳥を落とす勢いであった、大金持ちの不動産関係の二代目との結びつきというのが、ちょっとねーという感じだったのだ。

そもそも女優さんやタレントさんといった美女と、金持ちの男との組み合わせというのは絶対に皆から好かれない。目的意識がミエミエじゃないかと、人は嫉妬のあまり皮肉をつぶやく。

女優さんの相手として、人々が好感を持つ数少ないケースは、映画監督の場合であろうか。篠田正浩監督と岩下志麻さんのカップルのように非常に知的な感じがする。職場

で知り合い、お互いをよく理解した上の結婚なのだから、きっと女優さんの方も性格がいいのだろうと人々は解釈するわけだ。

最近で言えば、女優さんとテレビプロデューサー、ディレクターといった人たちのカップルもこれにあたる。職場結婚の延長のように考え、人々は比較的温かい視線を向けるはずだ。事実離婚も少ない。

さてマリアンの離婚劇であるが、これは私にとって本当に興味深い出来ごとであった。私は今、新聞の連載小説でバブルの時代のことを書いている。その中で主人公は青年実業家と離婚した女性である。バブルの寵児《ちょうじ》と呼ばれた彼女の夫は、次々と女性問題を起こして主人公を苦しめる。どうして女性と切れないのかと問いつめる主人公に夫は言う。

「僕は彼女たちから活力を貰っているんだ」

これは本当のことではないかと思う。私のまわりを見渡してみても、エネルギッシュで野心的な男性というのは例外なく好色である。おそらくオスとしての本能が絶えず刺激されているせいに違いない。そして成功を収めれば収めるほど、女性の好みが単純になっていく。若くて美人、他人に見せびらかして羨ましがられるような女性しか選ばない。こういう男の人は、美人も好きだが有名人も大好物だから、女優さんやタレントさんというのは、それこそ「トロフィー・ラバー」ということになる。

私はバブルと聞いて、いつも思い出す光景がある。十二年前のこと、私は女友だちと二人、赤坂のお鮨屋さんのカウンターに座っていた。そこにちょっと水っぽい感じの男性が入ってきたのだ。中年というにはまだ早く、三十代の終わりか四十代のはじめという感じであろうか。後ろにはいかにもモデルかタレントといった風情の女性を従えていた。私などめったに来られない高級鮨屋であったが、彼は常連らしく入ってくるなり、カウンターの中の職人にものも言わず車のキーを放り投げた。もちろんベンツのキーホルダー付きのやつだ。いつものことらしく、職人さんも無言でキャッチする。そのタイミングのよさといったらなかった。

彼は私に気づき、しきりに話しかけてきた。元来人見知りの強い私は、こういう時出来るだけ無視をするのであるが、途中から態度が変わった。彼が誰でも知っている有名な不動産会社の社長とわかったからである。みっともない話であるが、ちょうどマンションを探していた私は、この男性に警戒心を解くどころか、愛想さえ振りまいたのである。

今でもバブルというと、お鮨屋のカウンターの中、ゆるい放物線を描いて落ちていくベンツのキーを思い出す。何か懐かしいようなせつないような気持ちになる。

マリアンの離婚報道を見ていたら、これでバブルは完全に終わったのだなあとしみじみ思った。あの頃存分に時代を楽しんでいた人たちが、帳尻を合わせる時がやってきたのである。彼女のことを、

「金の切れ目が縁の切れ目」と非難する人がいるが、それはあたらない。金を稼ぎまくっている最中の、自信に溢れた男性というのは本当に魅力的である。債権者とのやり取りに追われる男性とは別人にみえるはずだ。

私は身の程を充分にわきまえているので、お金持ちの男性に近づいたこともない。むろん向こうからもやってこない。けれども私が美人で魅力的な女だったら、あの時代ぐるぐる回りながらきらびやかに光っていたバブルの渦の中に飛び込んでいきたかった。そういう中心にいた男性と結ばれることが、あの時代を知るいちばん大きな手掛りだったのにまことに残念だ。

――母娘だから――

とても気持ちよい小春日和の日曜日、神奈川県民ホールにオペラを観に出かけた。

友人の版画家、山本容子さんがこのオペラの舞台装置と衣装を手がけているのだ。正直言って新作のオペラはちょっと難解で、四分の一ぐらいは居眠りしてしまい、容子さんのつくったアジアティストの衣装の愛らしさが印象に残った。

オペラの後は、劇場にやってきた知人七人で、中華街へ食事に出かける。

中華料理屋の丸テーブルの向かい側に、中沢新一さんが座った。彼と会うのは久しぶりだ。中沢さんは私の顔を見てつくづく言う。

「マリちゃん、この頃、本当にお母さんに似てきたたねえ……」

ご存知ない方が多いと思うのだが、私と中沢さんは山梨の同じ町内の出身である。中沢さんはよく「僕の幼馴じみ」とおっしゃってくださるのであるが、ちょっとニュアンスが違うかもしれない。

なにしろあちらは、大きなお屋敷に住む、戦前からの地主のお坊ちゃまである。地方でそういう旧家のお坊ちゃまは頭がいいと相場が決まっているが、中沢さんも子どもの時から眉目秀麗、秀才という形容詞が近隣にとどろいていた。

私とは小学校、中学校の三年先輩になるが、成績もパッとしない私などただ仰ぎ見るばかりの存在である。たまにうちの実家に本を買いに来てくれたらしいが、

「中沢の新一さんは、注文する本が違う」

と母はいつも感心していたものだ。

中沢さんはストレートで東大へ入り、チベットへ行き、宗教学者として華々しくデビューするわけであるが、ちゃんと話をしたのは大人になってからといった方が正しい。ちなみに岩波書店から『日本社会の歴史』という名著をお出しになった神奈川大の網野善彦先生は、中沢さんの叔父さんにあたる。血は繋がっていない姻戚による叔父、甥ということであるが、優秀な人たちというのは、どうしてカタマって出現するのであろうか……。

前置きが長くなったが、中沢さんは昔からうちの母をよく知っているので、「似てきた」という言葉に信憑性《しんぴょう》がある。が、嬉しいかと言われればそうでもない。よっぽど美人の母親を持っていない限り、女というのは似ていると言われても不満に思ってしまうものではないか。

「私の方がずっとキレイなはずだけど……」

娘がもの心ついてから見る母親というのは、もうそれほど若くはない。いちばんよくつき合うのは中年期であろう。美とか女の魅力という言葉からは遠ざかっていく頃だ。特に私は年をとってから産まれた子どもなので、母親はとても厳しく怖い人という思いがある。

といっても、娘が母親に似るという宿命はどうにも逃れることは出来ないかもしれない。子どもの頃は父親に似ていると言われた娘も、中年になるに従い、顔もしぐさも母親そっくりになっていくから面白い。

私は子どもの頃、不思議に思うことがよくあった。

「〇〇ちゃんや××ちゃんはあんなに可愛くてキレイなのに、お母さんはどうしてあんなに下品で嫌な顔をしているんだろうか……」

仲よしの〇〇ちゃんのお母さんは飲み屋さんをやっていた。煙草を吸う。あの頃の田舎で、煙草を吸う主婦というのはかなりの特殊性を持つ。唇もおかしな具合に〝へ〟の字に曲がっていて、私はもしかすると二人は本当の親子ではないかもしれないと疑ったぐらいである。

ところが先日田舎へ帰った際、スーパーで突然話しかけられた。

「マリちゃん、久しぶり。元気そうだね」

私は何十年ぶりかで、○○ちゃんのお母さんに会ったと思った。ラメ入りのニット、水商売っぽいサンダル、〝へ〟の字の唇も昔のままだ。ところがなんとその女性は○○ちゃん自身だったのである。あのボーイッシュで清潔なイメージを持った、中学生の彼女の趣はどこにもない。田舎の派手なおばさんの姿は、昔見た彼女のお母さんと寸分たがわないのである。私は白昼夢を見ているような気分になったものだ。そうだったのか、あの愛らしい少女の姿は、脱皮前のものだったのか。何十年か生息して、殻を破ったとたん親とまるっきり同じ姿となるのか。女というのはそういう生物なのかと、しみじみと感慨にふけった私。

けれどもあれは娘の方が田舎に住み、たえず母親と接触しているから起こる現象ではなかろうか。私のように早くから都会に出て、エステやさまざまなものにお金を遣っていれば、そうした現象からは逃れられると思っていたのであるが、

「そんなことはない。あの頃のお母さんとウリふたつだよ」

中沢さんはきっぱりと言う。私ぐらい母親のことを尊敬し畏《おそ》れている娘はいないと思うが、顔がそっくりと言われてもなあ……。何か将来もあまり明るくない、という感じである。

円卓はいつしか、誰それの母子はよく似ている、似ていないという話題になっていった。

「Aさんとこの娘は、すっごい美人だぜ。お母さんにはまるっきり似ていない」

「でもさ、あそこはハーフだもん。ハーフっていうのはさ、議論の外だよ。裏ワザ使ったみたいなもんで、キレイであたり前だよ」

誰かが言い、皆もそうだ、そうだということで話がまとまった。私はあれから美人といわれる友人のお母さんを注意深く観察している。

私の友人のお母さんとなると、若くて六十代、ほとんどは七十代である。肌の手入れもおこたりなく、綺麗な方も何人かいるが、まあお婆さんであることには変わりない。私はそれを見ると何とはなしに安心するのである。皆、還っていくところは結局同じなのではないか。女であることに固執し、頑張ってみても、ある程度の老いまでくればもう怖いものはない。安らぎが待っているはずだ。母親に似てきたというのは、ゆっくり歩き始めなさいという何かの指示かもしれぬ。

――愛の麻婆豆腐――

親戚のＯＬのコが、久しぶりに遊びにやってきた。夕ご飯を食べていくように勧める。ちなみにその夜のメニューは〝すき焼き〟であった。

ただ今、厳しいダイエット中の私は自分は食べることなく、卓上コンロの横に立って、ひたすら牛鍋屋のおばさんになる。彼女と夫の皿に、食べ頃の肉と野菜を入れていくのだ。

実のことを言うと、夫がひとり食べるだけだと思い、牛肉を三百グラムしか買っていなかったのである。もちろんひとりでは余る量であるから、次の日の朝、卵でとじて私が食べる心づもりであった。が、二人となるとやや淋しい。よってネギやシラタキで誤魔化しながら、うまく配分していったのである。

食事が終わり、彼女はテレビをフジに合わせる。九時からの「オーバー・タイム」を見るつもりらしい。江角マキコさんと反町クンのゴールデンコンビが出演する、いわゆる「月九」という時間帯である。

「ちょっと待った」

お茶を淹《い》れながら私は叫んだ。

「うちは月曜日の九時は、テレビ東京のみのもんたを見ることにしているんだからね」

このところ「愛の貧乏脱出大作戦」という番組に、夫婦共すっかりハマってしまっているのである。

「いいよォ、友だちからビデオ借りるもん……」

すき焼きをご馳走になった心の負いめからか、彼女は素直にチャンネル権を渡した。

「愛の貧乏脱出大作戦」を見たことがない人のために説明すると、お客が寄りつかずに潰れそうな飲食店を、テレビ局が協力して立ち直らせようという番組である。飲食店の主人を叩き直すために、その道の達人のところへ入門させる、店を改築する、などといろんな手を使っていく。

ここに出てくる飲食店の主人というのは、誰も彼も情けない人ばかりで流行らないのも当然という感じ。スパゲッティ屋の主人は、シーフードスパゲッティにその都度冷凍の魚介類を解かして使う。寝坊して九時から働くパン屋というのもいた。この日出てきた中華料理屋の親父さんは、麻婆豆腐さえ満足につくれない。なんとラー油とお醤油で煮込んでいた。あれじゃ「クックドゥ」でつくる私の麻婆豆腐の方がずっとおいしいと思う。

そしてこういう調理人たちに共通していることは、顔に全く締まりがないということ。師匠役として出演する名店のシェフたちと顔つきも体つきも全く違うのだ。

やたら従順なのも彼らの特徴だ。達人と呼ばれるシェフにしごかれる。

「お前はいったい何してるんだ」

「お前なんかにものをつくる資格ないよ」

と怒鳴られるたびに、「はい」「はい」と軍隊式に大声で応える。返事だけはもの凄くいい。根性もやる気もない男に限って、どうしてこんなに大声でハキハキ反応するのであろうか。おそらく幼い頃から、こうしてやり過ごしてきたに違いない。反抗したり、自分の考えを述べたりするよりも、その場で力の強い人に従えばいい。そしてその人が去っていったら、元どおりラクチンすればいいのだと考えているからである。

こうした駄目男を横におくと、調理人というのはいかに頭がよくなくてはならないかということがよくわかる。ひとつのことに集中し、工夫していく忍耐強さとプライドの高さが、彼らを一流の調理人にしたのである。駄目男たちはこうした調理人に再教育され、基本から矯正されていくのであるが、四日間でかなり進歩するというのがこの番組の見どころである。一日二万円ぐらいの売り上げが、テレビの影響もありいっきに十数万円にはね上がる。そしてレジの前で夫婦して喜び合うところで番組は終わるのであるが、私は不思議でたまらない。

四日間で出来ることを、どうしてこの人たちは十年間、二十年間やらなかったのであろうか。このあいだ出演したパン屋の親父さんは、艶《つや》もなければ膨らみもないアンパンを二十数年つくり続けてきた。とても不味《まず》そうなパンだ。売れもしなければ人にも喜ばれない。このようなパンを二十数年つくり続けるからには、それなりのポリシーというものもあったろう。

「そこそこ食べていければいい」

という彼の人生哲学も存在していたかもしれない。それなのにどうして四日間で彼の思想が根底からひっくり返されるのだ。掃除嫌いで寝坊という彼の性格が、たった四日間で変わるものであろうか。

私は毎週「愛の貧乏脱出大作戦」を見るたびに、人間について深く考えざるを得ないのである。

深く考えるついでに、私は番組に出た店に行くことがある。「愛の貧乏脱出大作戦」に師匠役で出演したシェフがいた有名店である。

「あんたは、食べものをつくるっていうことがどういうことかわかってるのか」

とあの時シェフは怒鳴りまくっていたが、そこの中華ランチはびっくりするぐらいまずかった。

が、それに懲りず昨日は別の中華料理店に出かけた。おといの「愛の貧乏脱出大作戦」に登場した調理人の店は家に近く、夫とよく行くお気に入りの一軒である。ここの達人がつくった麻婆豆腐があまりにもおいしそうだったのでランチにいただくことにする。テレビに出たばかりの店に、次の日行くというのはかなり恥ずかしい行為だ。が、ここはおしゃれな街原宿である。私のようにみのもんたの「愛の貧乏脱出大作戦」を見ている人々はうんと少ないはずだし、それにつられて麻婆豆腐を食べる人はもっと少ないはずである。

しかしその考えは甘かった。お昼どきを避け、一時半過ぎに店に入り、

「麻婆豆腐定食、シューマイつけて」

と頼んだところ、

「もうご飯は切れました。おソバにして」

と言われた。私と連れはうなだれて四川ソバを食べ始めた。とてもとても恥ずかしかった。

最初で最後の出産記

この原稿を書いている病室のデスクの傍では、生まれて六日めの娘が眠っている。今回わかったことであるが、新生児というのは機械仕掛けの人形のようなもので、ぴったり三時間おきに泣いて動き出す。その時におむつとミルクをあてがっておけば、またこんこんと眠り続けていてくれる。今のところ彼女がこのリズムを刻んでいてくれる限り、原稿を書くのはそうむずかしいことではなさそうだ。

さて妊娠が非常に不本意な形にせよ、世間に知られるようになってから、私は二つのことを自分に課していた。それはエッセイの連載ページにおいて、ニンシンのニの字も書かないこと、今までと同じようなペースの生活を続けるということであった。けれども無事出産も終わり、何の報告もしないということは、このページの読者の方々に対してあまりにも愛想がないのではないかと思うようになった。妊娠、出産にまつわる話などというのは、ごく私的な平凡なものになってしまうかもしれないがご勘弁願いたい。

私の妊娠、出産は多くの人を驚かせたが、まわりからまず言われたのは、
「あなたが子どもが欲しかったなんて思ってもみなかった」
ということである。これは私にとっては意外な反応であった。こういう仕事をしているぐらいだから、大胆で常識からはずれた面も多々あるであろうが、私は基本的にコンサバティブな人間である。女であるからには結婚して子どもを産むのだという考えが、ごく当然のこととして私の頭の中にはインプットされていた。しかもこのうえに仕事でも一流になりたいとあがいているのだから始末が悪い。

人間には二通りあって、今自分の持っているもので幸福感と充足感を得られる人間と、そうでない人間とがいる。私はあきらかに後者の方である。自分に足りないものを取り出して考え、人を羨み、悩み、いじいじと考えるという習癖を持つ。いつのまにか、子どもがその〝足りないもの〟の最も大きなものになるのに時間はかからなかった。

私の友人には、自分の人生には夫も子どももいらないときっぱり言い切る女性が何人かいる。私にはこういう毅然としたところがまるでなく、知的で個性的な生き方とも無縁だ。私の望んでいるものはやさしい夫に可愛い子ども、仕事の成功、お金、名誉、ないものねだりの美貌。大きな声では言えないけれど恋愛もという満艦飾のような人生である。こういう人間は今の世の中において、バブルの遺物のように揶揄《やゆ》される傾向にある。

が、ひと言弁護させてもらえば少なくとも私は努力をしてきた。世の中を表層的に切り取っていく、コラムやエッセイだけの仕事なら、世の中に斜に構えて名誉も何もいらないというストイックな人生というのも可能であろう。けれども小説を書くというのは巨大な山をよじ登っていく作業である。登れば登るほど自分の才の無さを知り、絶望感にとらわれる。ザイルごとずるずると落ちていくかと思う瞬間、また自分を立て直し五十センチでもいいから進んでいこうと力をぎゅっと込めていくことの繰り返しである。大きなものを欲しなければ小さなものも得られない。野心を持ち、自分を鼓舞しなければ、テレビのコメンテーターに出るだけの〝自称作家〟になってしまう。もともといいかげんで、人生ラクしようということばかり考えてきた私であるが、こういう生活を十五年やっていると少しは性格も変わってくるというものだ。自分の望むものに関して、ひたすら努力し、諦めないという粘《ねば》っこさが生まれてきたのである。私はこの粘っこさで、何とか子どもを手に入れたいとある時から思うようになってきた。

三十六歳という年齢での結婚だったから、子どもはすぐにつくるつもりであった。独身の頃から定期検診で世話になっていた婦人科医のところへ通い、薬を飲んだり注射をしてもらったりしていたのだがなかなか出来ない。先生からはもっとハイレベルの治療を受けるように言われたのであるが、その時はいったん諦めた。仕事が忙しかったのと、本格的な不妊治療に踏み込むことへの畏れがあったからだ。おそらく私のような性格の人間がそういうことを始めたら、修羅の道を辿ることになるだろう。私の友人でも何人かいる。一流大学を出てエリートと呼ばれる彼女たちは、入試でも入社試験でも、留学でも難なくこなしてきた。不妊は「努力しさえすれば必ず報われる」という彼女たちの人生哲学を根本から覆《くつがえ》し、深い虚無感を与えてしまうのだ。私は彼女たちのようなエリートとはほど遠い人間であるが、頑張ってそれなりのものを手に入れてきた。そういう平和を壊してまで子どもを手に入れなくてはいけないのだろうかと自問自答して、私は母にこう打ち明けた。

「どうしても子どもが欲しい」

その時母は私にこう言ったものだ。

「そこまで欲張りになってはいけないよ。あなたはたくさんの本を書いて、人を喜ばせるということをしているんだから、それ以上何を望むの」

私は母の四十歳の時の子どもである。私は母について『本を読む女』という小説を書いたことがある。小説家を夢みていた文学少女が、戦後ひとりで生きていくために自分の持つ古本を売り、やがて本屋になった。出征したまま行方不明だった夫が九年ぶりに帰ってきて、そして生まれたのが私である。私が作家になり、いちばん喜んでいるのはこの母であろうし、私たちは普通の母子以上の濃いもので結ばれているという思いがある。私はこの濃いものを、次の世代に伝えたいという気持ちをずっと持っていた。母は今八十三歳で、かつてのような鋭さや聡明さはかなり衰えたというものの、やはり私にとってはおっかない凄い女性である。私は母の生きているうちに、自分の子どもを得、ほんの少しでも息を吹きかけてもらいたいと考えたのであるが、彼女はそんなことは無意味なことだときっぱりと言いはなった。

「あなたには、母親になるのとは別の使命がある。他の人が出来ない機会を与えられているのだから、もっと頑張らなくては」

けれども母親は、娘の気持ちを充分に汲んでいたようだ。「欲張ってはいけない」という言葉の意味の重さを、私はずっと後から知ることになる。

それから子どものことは出来るだけ考えないようにして、私は四十歳の誕生日を迎えた。自分でこんなことを言うのは気がひけるのであるが、私はいつも年齢よりも若く見られたし、流行の洋服や化粧にも目のない方である。『ａｎ・ａｎ』をはじめとする若い人の人気雑誌に連載を持っているから、世間の人もかなり割り引きして考えてくれていたようだ。今回のことで読者から多くの手紙を貰ったが、

「ハヤシさんってすごく年とってたんですね。ずっと三十代だと思っていたからびっくりした」

というものが何通かあり、私を口惜しがらせたものだ。まあそんなことはともかく、

いつか子どもをという願いを持っていた私にとって、この四十という数字は大変な重みを持つことになる。ついに諦める時がきた、覚悟を決めるのだというホイッスルが鳴ったのだ。

この誕生日の何カ月か前、私は正月用品を買いにデパートに出かけた。いつも使う重箱があまりにも安っぽいので、今年は張り込んでいい漆《うるし》のをと思ったのだ。あれこれ見てみると、やはりいいものははっきりとわかる。輪島塗のいいものとなると十万単位の値段だ。

「だけどいいものは一生ものだし……」

とつぶやきかけて、私ははっと息を呑んだ。そうか、私は子どもを持たない女になるのだとしみじみと感じた瞬間である。子どもがいない私にとって、一生ものとは何なのだろうか。何十万円もする重箱を買ったとしても、それを磨き使い込んでくれる人は誰もいない。もし私が死んだら、おそらく甥か姪か、他の身内の手によって古い重箱などすぐに捨てられてしまうだろう。そして私の愛した多くの着物もすぐにボロ切れと化してしまうはずである。

私が生きた証《あかし》など、その時にすべて消えてしまうはずだ。八〇年代を代表する女性のひとりなどと言われても、私の名前は年表や人名辞典などからきれいさっぱり消されている。そういうものにこだわるのがまた私のイヤらしさなのであるが、編集委員や監修するおじさんが私のことを嫌いだからだという被害妄想に陥っていたのもこの頃である。ちょうど私は、真杉静枝という戦前の女流作家の伝記を書き終えたばかりであった。彼女のお参りする人もない淋しい墓のことが目に浮かんだ。私もおそらく同じ運命になるだろう。私など文学史どころか風俗史に残るはずもない。私が生き、百冊以上の本を書いたことも、人はすぐに忘れてしまうに決まっている。子どもを残さなければ、私が生きたという証は本当に何もない……。

などと思い詰めていた三年前、私は女性週刊誌で大きな記事を見つけた。「この世に不妊はない」というタイトルで、最新の治療を施すという名医が紹介されていたのだ。私は心を動かされた。この医師を頼って、もう一度妊娠ということに挑戦してみようと考えたのである。この時私は、この個人開業医がマスコミ好きの、非常にお喋りな人物だということを想像だにしなかった。後に起こる妊娠報道が予想出来たら、この医師のところには絶対に行かなかった。

けれどもその時の私は、記事に運命的なものさえ感じ、すぐさま行動を開始した。この編集部の知り合いに電話をし電話番号を聞き出した。そして診察の便宜を図ってもらった(これゆえヘンに義理がたい私は、ここの週刊誌のインタビューだけは答えることになる)。問題は夫である。婦人科医というのは、ある程度年齢がいった女性にとって、ガンの定期検診やもろもろのことで馴じみがあるが、男性にとっては門をくぐること自体にひどく抵抗があるようだ。そんなところへ行ってまで子どもを欲しくはないと、頑固な夫は一度言い出したら譲らない。私は泣いて訴えた。

私は今まで欲しいものは努力して、ちゃんと手に入れてきた。手に入れられなくても一生懸命に頑張ってきた。それが私の生き方なの。私にとって努力しないで諦めるということは、死んだことも同然なの。

結局夫がしぶしぶ同意してくれるまで一年半はかかっただろうか。四十一歳にして私は子どもづくりを始めたのであるが、このことは誰にも秘密にしていた。治療は午前中の早い時間に行われることが多かったので、私の秘書でさえ長いこと気づかなかったほどだ。治療の関係で午後になる場合は、

「友だちと会ってお茶を飲んでくる」

と言って出かけたのであるが、すべて私の行動を把握している彼女は、しつこく、

「誰とですか。どうしてこの忙しい時間に出かけなきゃいけないんですか」

と問うてきて、これには閉口した。運よくレギュラーの対談、あるいは講演会、取材などにはぶつかることはなかったが、忙しい私がよくあのような綱渡りのようなことが出来たと自分でも感心している。

感心といえば、私の体の健康さといおうか、頑強さは医師たちも驚いたぐらいだ。最初の頃は悪阻《つわり》のひどさと妊娠報道のショックで寝込んだこともあったが、みるみるうち

に元気を取り戻した。毎日書く新聞の連載小説をはじめ、仕事もちゃんとこなし、外にもよく出かけた。同じように高年齢出産をした友人が心配してくれたのであるが、血圧も血糖値もずっと正常で、妊娠中毒症とも無縁でこれた。飛行機や新幹線に何度も乗ったり、仕事で寒い地方へ出かけたりと随分乱暴なこともした。しかし、

「私の子どもが、これしきのことでダメになるはずがない」

という私には奇妙な確信があった。といっても自由業の有難さで、家にいる時は昼寝もたっぷりとし、横になって雑誌を読むという怠惰な生活を続けていたし、信頼する東洋医学の治療（私は最終的に子どもが出来たのはこのおかげだと考えている）もきちんと続け、平均体重を上まわる丈夫な女の子を産むことが出来た。

今、毎日が初めての体験の連続であるが、私の年齢と性格だといちいち感動するということはない。妊娠中ご厚意で山のように送ってくるマタニティ雑誌に目を通していたが、私とは無縁の世界だなあとつくづく思っていた。お腹の赤ちゃんに毎日話しかけましょう、などということが書かれていても、げっ、恥ずかしいという感じで一度もしたことがない。マタニティ日記も書き始めたものの、無料の原稿にはすぐ飽きてしまった。今でも「お母さん」はともかく「ママ」と呼ばれることに抵抗がある。

出産の瞬間と初めて授乳する時は感激のあまり泣き出すというので楽しみにしていたのであるが、そうでもなかった。産声《うぶごえ》を聞いた時は安堵のあまりちょっと涙ぐんだがそ

れぐらいのことだ。物書きというのは、人間の感情をいつも先まわりし、想像しているところがある。たえず心のシミュレーションゲームをしているようなものだから、こんな風なのだろうかとちょっと悩んだりする。

全く、作家という職業の、こんなヒネた年齢の母親を持って生まれてきて娘には気の毒なことをした。しかも守秘義務を守らないどころか、マスコミに情報を喋りまくった医師、「独占スクープ」と銘うって、家族だけが大切に守っていこうとしていたことまで書きたてた女性週刊誌のおかげで、娘には嫌なスタートを切らせてしまった。母親としてどう詫びても足りないぐらいであるが、私の娘だ。きっとたくましく乗り越えていってくれるに違いないと信じている。

世の中は「おめでとう」と喜んでくれる人ばかりではない。不妊治療をして生まれたというだけで下品な想像をする人はいるし、無知な人もいっぱいいる。

「あんな年で、あんなことまでしても子どもを欲しいのか」

といった感じの文章を読んだこともある。

ちゃんとミルクを飲もうとしない娘に、私は頭を押さえつけて言う。

「私がそこらの若くて甘い母親と同じだと思ったら間違いだよ。世間は厳しいよ、びしびしやるからね」

早くも親馬鹿だと言われそうであるが、私のこんな気持ちがわかっているのか、わかっていないのか彼女は手間のかからないおとなしい子どもである。

「お前は不器量な奴だ」

「新生児室にいるコの方がずっと可愛い」

と娘をからかっていた夫であるが、見た人の十人が十人とも、自分にそっくりだというのでそれからは口を慎むようになった。寝顔を見つめている。そういう夫を見るのは本当に幸福な気分だ。会社の帰りに病院に寄っては、寝顔を見つめている。そういう夫を見るのは本当に幸福な気分だ。けれどもこれは「家庭内幸福」というもので他人さまに言うことではないだろう。

結婚した時、読者の方から手紙を貰った。

「これからお子さんが出来るでしょうが、子どもを産んで人生が初めてわかった、やっと人生を知った、という女の人にだけはならないでください」

この言葉をずうっと胸の奥に大切にしまってきた。これから多くの体験をするだろうが、それを熟成させ、元の形がわからなくなるまで長く長く私の中にとどめておく。そしてそれが幾つかの表現となって私の体から出ていく。そんな大人の分別と物書きとしての姿勢を持っていきたいと私は考えている。

既に面白いものがたくさんあるので、私が育児エッセイやそういう類のものを書く必要はないだろう。子育てを楽しみながら、外では何くわぬ顔をして生きていきたい。それが私の理想である。

最後にたくさんの励ましの手紙、安産のお守り、体にいいという食べ物などを送ってくださった読者の方々、本当にありがとうございました。来週から今までどおりの「今夜も思い出し笑い」になります。

桃と桜

山梨の雛祭りは、旧暦で四月三日である。

この頃になると里の方の桃が咲き始め、風もやわらかくなる。今年は桜と桃がいっぺんに花開いて、その綺麗なことといったらない。

私が子どもの頃は、雛祭りというと母がつくってくれた寿司と白酒を持って、川原や桃畑へ出かけるのがならわしであった。ピンク色のそぼろが入った素朴な巻寿司を、今は近所の従姉がつくって持って来てくれる。

この従姉は料理自慢で、他人においしいものを食べさせるのが大好きという、まことによい性格である。私の老いた両親のもとに、朝晩手づくりのものをせっせと運んでくれるのも彼女だ。私が山梨にいた間にも、自分のところで打ったうどん、野菜で出汁をとった麦とろ、菜の花のおひたし、山菜の天ぷらといったものを届けてくれた。

甲府に住む従姉は、ちょっとハイカラに手づくりチーズケーキと野菜の煮物だ。両親があまり食べなくなっているので、そういうものはほとんど私がたいらげる。

両親の食生活をつぶさに観察すると、三日前、二日前の残りものを電子レンジで温め直す毎日だ。出来たてのものは食べ切れず、また冷蔵庫に入れる。そして翌日、あるいは次の日、うんと不味《まず》くなって食べる。この繰り返しである。

「どうして、ほとんど澱粉《でんぷん》化したうどんを、後生大事にとっておくの」

私は怒鳴った。

「このカボチャの煮物だって、捨てたってバチはあたらないよ」

けれども母親に言わせると、そうしたものは決して不味くはない。もし不味かったとしても、食べ物を捨てる苦しみを味わうよりもずっとマシというのだ。

冷蔵庫をあけると、ラップをかけたおひたし、高野豆腐、煮豆などがずらりと並んでいる。焼き魚の切れっ端も大切にラップにくるまれて置かれていた。

こういうものがなくならない限り次に進まないのである。

「私が食べりゃいいんでしょ、私が」

〝人間ディスポーザー〟と化した私は、こうした残飯をひたすら詰め込む。おかげで顔のラインが三日ぐらいで変わってきた。

「故郷へ帰ると、器量が三割落ちる」

というのは、以前からの私の持論だ。落ちるものがあるのか、という論議は別にして、化粧もしないから夜もきちんと洗顔しない。歯だけ磨いてそのまま眠る。空気がいいこともあり、肌はすぐに乾燥してくる。髪もパサパサのままだ。当然のことながら、着るものも手を抜く。夕方寒くなったので、母親のコートを借りてスーパーへ出かけた。厚いタイツのため、靴が履けずサンダルにする。

「まあ、すっかり小汚くなって、これでローカルに溶け込めるわ」

などとつぶやいたが、これは故郷の人々に対して全く失礼な言葉であった。近くのスーパーへ行っても、私のようなババッちい人はまずいない。みんなちゃんとお化粧をし、こざっぱりとしたおしゃれをしているのだ。

これ以上落ちると困るので、明日にでも帰ろうかな、と思いハタケヤマに電話したところ、建築家のタケヤマ氏から連絡があったという。さっそく携帯に電話をしたが、留守番電話であった。伝言を吹き込んだら、十分もしないうちに、山梨の実家に電話が入った。なんとタケヤマ氏である。この頃の携帯電話は、かかってきた相手の電話番号が表示されるのをすっかり忘れていた。

私の誕生日祝いのディナーに、友人のダン氏も誘っていいかとタケヤマ氏は聞いてきた。二人きりでないのは残念であるが、ダン氏と聞いて私は驚喜した。

ダン氏はタケヤマ氏と並ぶ、四十代建築家トップグループのひとりである。クマさん、オオエさんといった人たちも、みんな同じ大学院の同級生だ。このグループは才能もさることながら、みーんなハンサムでカッコいい。しかも驚くべきことに、奥さんたちも女子大の同級生だという。昔から有望な建築家の奥さんは、日本女子大家政学部住居学科の卒業生がなることになっているそうだ。友だちの友だちを紹介したりし合っているうちに、伝統的にそういうネットワークが出来上がったという。もっとも建築家は二回、三回結婚するのが当たり前らしいから、一回めの妻というただし書きがつく。

タケヤマ氏や、ダン氏のように、一回めの奥さんを大切にしている建築家は珍しいかもしれない。

とにかくこのダン氏というのは、ハンサム若手建築家の中でも、ひときわ輝いている。何しろお父さまはあの團伊玖磨氏なのだ。お育ちのよさに加えて、まるで映画俳優のような風貌なのである。一緒に食事と聞いて、私が張り切ったのも無理はない。

私は早めに東京へ帰り、少しお昼寝をした。乾燥した肌を元に戻すために、必死でマッサージをする。そしてうんと時間をかけてお化粧をし、着ていくものはちょっと寒いけどダナ・キャランの白いジャケットを羽織る。

「ハヤシさん、さっきまで顔がむくんでたけど直りました。別人みたいですよ。すごいですねえ……」

とハタケヤマも感心していた。

そして行ったところは、洋館を改装したフレンチ・レストランである。タケヤマ氏がいいワインを選んでくれ、皆で乾杯した。

右側のタケヤマ氏は、どちらかというとおショーユ顔、左側に座るダン氏は、外国人のような彫りの深さだ。こんなに素敵な男性二人にはさまれ、夫は海外出張で留守だし、こんなに幸せでいいのかしら……。

朝、山梨で残飯を食べていた私が、夜はテリーヌにナイフとフォークを入れている。なんという不思議な運命なのであろうか。が、どちらが本当の私かと聞かれれば非常に困る。どちらも多少居心地が悪い。山梨は私の中で日に日に遠くなり、ハンサムとフランス料理はまさしく〝非日常〟なのである。

店を出ると夜桜が散っていた。山里の桃と都心の桜を、一日のうちに味わうのも贅沢というものかもしれない。

私の過去

最近、いろんなことに手を抜いていると反省する私である。

昨夜は忙しかったので、夕食は簡単に魚を焼き、野菜炒めをつくることにした。冷蔵庫を開けると、野菜の買い置きがあまりない。キャベツを買いに行こうと思ったのだが、やはりやめてサラダ用に求めた紫キャベツを使うことにした。野菜を多く摂ろうとトマトも入れる。その結果、紫と赤のもの凄い色の野菜炒めになった。

よせばいいのに、せめて味を工夫しようと、タイで買ってきた（三年前）トムヤムクンの固形スープをほぐして入れる。

おかげで味も色も、おどろおどろしい一品が出来上がった。

こういうものを出す私は、何日も化粧をせず、着るものも同じ。居職《いじょく》の女というのは、手を抜くと果てしなく小汚くなっていく。

自分ではまだまだ若いと思っていたが、すべてにめんどうくさがる日常というのは、あきらかに〃オバさん化〃が始まっている証拠である。

雑誌を読んでいたら「あなたの〃オバさん度チェック〃」というページがあった。それによると、

「NHK朝の連続テレビ小説」

「日本テレビのルックルックこんにちは（特に『女ののど自慢』）」

「テレビ朝日の新婚さんいらっしゃい！」

「テレビ東京の旅・グルメ番組」

「日本テレビのみのもんたのおもいッきりテレビ」

「TBSの渡る世間は鬼ばかり」

を見ているかどうかで、オバさん度がわかるという。ひえーっと叫ぶ私。後の二つを除いて私の好きな番組ばかりではないか。わが家は最近、テレビ東京のグルメ番組をBGM替わりにつけているぐらいである。「新婚さんいらっしゃい！」にいたっては、二十数年前から偏愛している。これはオバさん度、というより好みの問題であろう。が、オバさんにもいいことがある。過去の芸能ニュースにも強いということだ。

つい最近、松方弘樹さんの離婚問題が世間をにぎわしていた時のことだ。友人が得意そうに言った。

「若いコたちがね、仁科明子、可哀相って言うから、私、言ってやったのよ。彼女だっ

て松方弘樹を前の奥さんから取ったんだって。みんなびっくりしてるのよ。今のコは昔のことを知らないから教えてやらなきゃ」

「そうよねえー」

と私。

「ショーケンといしだあゆみが結婚してたって言うとウソーっていう感じだもの。あと森進一と大原麗子、っていうのも結構驚かれるかナ」

「五木ひろしと小柳ルミ子がつき合ってたっていうこと、私たち世代はみんな知ってるんだけどね」

「中山美穂は田原のトシちゃんと、結構本気でつき合ってて、二人でハワイ旅行したんだっけ」

「宇多田ヒカルのお母さんが藤圭子だっていうのは知ってても、前川清と結婚してた、っていうのは案外知らない」

そして私たちは、

「若い人たちのためにいろいろ教えてあげなくっちゃねー」

と誓い合ったのである。

「お父さんのためのワイドショー講座」

というのはあるが、

「若い人のためのワイドショー講座」

などというものはどうだろうか。

ところで例の「ミッチー・サッチーバトル」が、こちらにも飛び火するとは思わなかった。ワイドショーはもうネタが尽きたらしく、突然アグネス・チャンと私の映像を流し、

「こちらは元祖熟女バトル」

などとやっているではないか。あの論争のことを今さら蒸し返すつもりは全くないが、レベルも内容も違うでしょーっという感じである。少なくとも何人かの人が、それなりの知力を使って、文章や言葉で論議するという作業をしたのである。ひとりの非常識なオバさんをバッシングするのとはわけが違う。それにあの頃、アグネスも私も三十ちょっと過ぎたぐらいで、「熟女」と呼ばれる年ではなかったはずだ。

「全く若い人が過去を知らないと思って」

いいようにいじくるんじゃないと、むっとする私である。

それにしても人というのは、自分の過去をどのくらい改ざん出来るのであろうか。

「コロンビア大大学院卒」などと申告したとしても、よほどの有名人にでもならない限り調査されることはない。言った人の勝ちだということが近頃わかってきた。

ある人から教えられたことがある。

「女というのは、十五歳の時をどう生きたかで、その後の人生がすべて決まってしまう」

その時に可愛くて人気者でモテたとしたら、女王様気質は出来上がってしまう。仮に悲惨な思春期をおくったら、その後どんな美人に変身しようとも、やはりいじけた性格になってしまうそうだ。

この呪縛から逃れるただひとつの方法は、

「私は可愛かった。私は美人だった。私はモテモテだった」

と自分にも人にも言いきかせる。するとあら不思議、本当にそうだったと思えてくるようになるそうだ。現在の地点から過去を立て直す。すると今の自分もぐっとよくなってくるという。

私なんか根っからの正直者だもんで、

「勉強もスポーツもパッとしない。全然モテない中・高時代だった」

などと言い続け、書いたりもした。が、それが大きな間違いだったわけである。私はこう考えるようにしてみた。

「男の子は、みんな私のことを好きだったんだけど、私ってほら、昔から体が大きくてゴージャスだったのよね。だからひるんじゃったのね」

雑誌のインタビューにもこう答える。

「田舎のコにしちゃ、とても派手だったから目立ったんじゃないかしら。よく他の学校の男子にも騒がれたわ」

ウソツケ、などとあまり人は言わないし、遠い山梨の声が東京まで届くはずはない。私や私の友人のように、記憶力がよく、しかも意地の悪い人間はめったにいないのだから。

いい男ばっか

私に好意を持っていない人、および嫉《ねた》みやすい人は、今週このページを読まない方がいいかもしれない。

単なる自慢話がえんえんと続きます。かなりの人が気分が悪くなるかもしれない。が、私は書きたい。一生に一度ぐらい自慢たらたらの文章を私は書きたい。

さて、昨夜は本当によい日であった。三枝成彰さんと「ぴあ」の矢内社長とが前々から準備してくれて、

「いい男だけで、林真理子さんをお祝いする会」

が開かれたのである。

皆に配られた趣意書を読み、

「我らがマドンナ、林真理子さんを皆で祝いましょう」（傍点筆者）という一行に私は泣いた。お世辞とはいえ、こんなことを言われるのは、一生に一度であろう。この箇所

にわざわざ線を引き、田舎の両親にファックスで送ったぐらいである。

当然のことながら、夫にも見せびらかす。

「あなたもさー、こういうモテる妻を持つと心配でたまらないでしょう」

「けっ」

と夫はせせら笑った。

「君みたいな女が相手だから、みんな安心してやってくるんだよなあ。人から邪推されることもないしさあ」

なんと嫌なことを言う男であろうか。人のはずんだ心に水をさすようなことをするのだ。

「ご主人もパーティーにお呼びした方がいいですか」

という問いに私は言ってやった。

「豪華なビュッフェが並んでいるところに、コンビニのお握り持って来る人がいるかしら」

なるほどと電話は切られた。

三枝さんによると、

「ハヤシさんのまわりから、とにかくいい男だけを厳選して声をかけた」ということで、期待は膨らむばかりだ。

当日、六本木のカジュアルな和食屋さんへ集まってきたのは、文句なしのいい男ばっかり二十五人である。

日本でいちばんいい男の市長、石川秋田市長。

日本でいちばんいい男のニュース・キャスター、筑紫さん。日本でいちばんいい男のテノール歌手、小林さん。日本でいちばんいい男のチェアマン、川淵さん。

日本でいちばんいい男の商社マン、川瀬さん。日本でいちばんいい男の評論家、岡本さん。日本でいちばんいい男のお金持、服部さん。

私の好きな建築界からは、ダンさん、クマさん、オオエさんという若手実力ハンサム三羽ガラスが勢揃いした。壮観である。

受付やこまごましたことを矢内さんの美人秘書がしてくれたのであるが、可哀相にズボンをはき、つけ髭をしてチャップリンみたいな変装だった。

「今日は、ハヤシさんだけが女性ですから、私は男になることにしました」

ここまで気を遣ってくれたパーティーが楽しくないはずがなく、いい男に囲まれ、ちやほやされて本当に幸せ。まさか私の人生で、こんなひとときがやってくるとは思ってもみなかったわ……。

ところでいい男の中でも、ひときわ目（私の）をひいたのは、某企業社長のA氏であろう。三年ぶりの再会である。

彼と初めて会ったのは京都である。「鴨川踊りを見る会」に便乗させてもらったところ、年配の男性ばかりでかなりがっかりしてしまった。私はそこに行くまで知らなかったのだが、経営者の団体に紛れ込んでしまったのである。

「ちょっと、これってどういうこと。どうしてこんなおジイさんばっかりなの」

と連れに文句を言っていたところ、

「ここに座ってもいいですか」

と私たちのテーブルにやってきた男性がいた。彼を見たとたんその若さとハンサムぶりに私の唇はゆるんでしまった。

いけない、いけないと思いながらも、ニタニタ笑いがやまず、体がくねくねと動いたのは、私の長い女の人生でも初めての経験である。

しかし彼だけがひとり若い。聞いてみたら、お父さまが亡くなって社長に就任したばかり。こういう席にも慣れていないということだ。渡りに船とばかり、私の友人と一緒に宴会を抜け出し、別のところで遊んだ。その後も東京で何回か会い、私の踊りの会には花束を持って見に来てくれるぐらいの仲になった。

男前で数百人規模の会社の社長。しかも東大を出て、アメリカの大学院に留学した経験を持つ。奥さんは美人でやさしく、三人の子どもがいるそうだ。傍目《はため》からは何不足ないような人生であるが、時々A氏は翳りのある表情を見せ、それがなかなかの魅力であった。

この会は、社長仲間の矢内氏から連絡があったという。

三年ぶりに会う彼はどこか違っていた。うまく表現出来ないが、ちょっぴり暗いところが無くなって、うんと充実している男盛り、という感じになっている。こちらに対するちょっとした視線、喋り方にねっとりとした自信が溢れているのだ。その気もない女にも、ついこぼれ落ちてしまうこの色気、

「わっ、モテそう、遊んでそう」

と女流作家は確信を持った。

花束をたくさんいただいたので、帰りは彼に送ってもらう。

彼は会社の話をした。新しく開発した技術が、有卦《うけ》に入《い》っているということだ。

「儲かってるんだ」

「うん、すごいよ」

ひえー、最近こんなことを口にする人を見たことがない。

A氏に言わせると、私と遊んでいた三年前というのは、会社が潰れる寸前だったという。お父さんの代からの幹部社員を何人も解雇したそうだ。しかしデジタル化を見込んで開発したたくさんのもの（いくら説明されても全くわからない）が、この頃になって大変な利益を生むようになった。近々、アメリカの会社と共同で大きなプロジェクトを

組むと彼は得意そうに言った。

男というのは仕事でこんなに変わるんだ。仕事への意欲が女性にも向けられ、こんな風なねっとりとした視線もつくっている。こういう変化をまのあたりにして私はふうーんとうなってしまった。男は本当に複雑で面白い。私はまだまだ修業が足らないとつくづく思ったのである。

――みんな誰かの――

ワイドショーで野村監督とサッチーのツーショットが映し出されるたび、私の中にいつもひとつの歌がうかび上がる。かの歌詠み眼科医・寒川猫持先生の名歌である。

「バーゲンの赤いセーター奪い合いみんな誰かの愛する女」

男女の不思議さを、これだけ言いあてている言葉があるだろうか。そう、世の中、正しい人だから、性格のよい人だからといって愛されるとは限らない。端《はた》から見ていて、

「どうしてあんな人と」

と思われる人物と、人は愛し合ったり夫婦になったりするのである。

が、世間の人がお節介を焼いたり、「なんであんなのと」とやきもきするのは、女性側に向けられることが多いような気がする。

「どうしてあんな男と」

という言葉もよく発せられることがあるが、そう言いながらも内心はどこか仕方ない

かもしれないと人は思っているのではなかろうか。性的な意味が大きいと思うが、相手の女性にしかわからない男の魅力があるのかもしれないと、どこかで納得している。が、これが反対だと人々は情け容赦ない。

特に名前は出さないが、今から十年前、この業界でちょっとした話題になった若い女性がいる。今でも名前を言えば、多くの人が「ああ、アレね……」と冷たい笑いを浮かべるに違いない、まあそういう種類の女性だ。最近なりを潜めていると思っていたら、ある男性の愛人となっていた。私はその男性とは二、三度会ったきりであるが、友人たちは彼と親しい。才能もあるし性格もいい男なのに、よりによってどうしてあんな女と……。私の友人たち（女性）は憤慨して彼に忠告したという。が、

「そうだったのか、よくわかった。目が覚めた」

などという男の人がこの世にいるわけがない。

「彼女は君たちが考えているようなコじゃないよ」

と彼は言い放ったという。私の友人たちは「何とかしたい、早くわからせてやりたい」と言っているが、そういうものでもあるまい。こうした点に関して、男は女よりもずっとロマンチストである。自分だけにわかる女の美点というのも好きだし、庇護者としての喜びもある。悪い女にハマって堕ちていく自分……というのにも快感がある。が、女というのはもっと現実的で生活がかかっている。男女同権などといっても、経済力を

持つ男をつかまえるかつかまえないかで、かなりの差が出てくるのが正直なところだ。男は自分の力の及ぶ範囲で「堕ちていく」にしても余裕があるが、女は堕ちるとあまり下がない。よほどのマゾヒストでもない限り、奇妙な快楽にひたっている暇はないのだ。だからこそ、くだらない男と別れられない女性に対して、世間はどこか同情的になる。あれだけ単純で、かつ計算高い女という種族が夢中になっているのだ。自分にはわからない何かがあるのだろうと、まあちょっぴり大目に見てしまう。

この反対はきつい。

世の中の人々がサッチーをまだ許せないのは、彼女の非常識な行動というより、野村監督がまだ彼女を愛しているからだ。権力も金も持っている男が、自分の妻を愛し続ける限り、彼女は安全地帯に逃げ込むことが出来る。それがわかっているからこそ、人々はキイキイいきり立つのであろう。

ところでこのあいだ編集者と喋っていて、話題は「各業界にいるサッチー」ということになった。

「我々の世界でいえば、やっぱり――さんでしょうなあ」

と彼は、高名な女流作家の名を挙げる。

「気にくわないことがあれば、夜中でも呼び出されて『○○君、これはどうなっているのかしら』って、さんざん叱られますからねえ」

私は友人の話をした。私は彼女といると、常に畏敬の念にうたれるのだ。かねがね言っていることであるが、小商いの家に生まれた私は、他人に対してやたら気を遣い（もちろんエバる時もあるが）、その結果すぐ相手にナメられる、ということの繰り返しだ。いつも己《おのれ》の卑屈さに自己嫌悪を感じる私にとって、やりたい放題、したい放題、他人に全く気を遣わない彼女というのは、まさに「生きている驚異」なのである。

ある時二人で新幹線に乗る際、私はホームのキヨスクで週刊誌を二冊買った。どちらも家に送られてくるものでもったいないなーと思うものの仕方ない。列車が来る間、しばらくパラパラめくっていた私は、ふと振り返り目を見張った。なんと彼女はキヨスクの雑誌売場の前で、堂々と立ち読みをしているではないか。

キヨスクで立ち読みしている人なんか初めて見た！

売場のおばさんは、最初彼女が週刊誌をすでに読んだ号かどうか確かめていると思ったらしい。が、あまり長いので声を荒らげて言った。

「お客さん、これは今日入ったばっかりですよ！」

あらそうと、平然と店を離れる友人。

私は彼女に尋ねた。

「ねえ、ねえ、どうしてキヨスクで立ち読みなんか出来るの。どうして買わないの。どうして、あんなことをするの」

彼女は答えた。

「だって見たい記事がひとつあっただけなんだもん。そのために女性週刊誌を買うなんて、私のプライドが許さないのよ。もし新幹線で人に見られたら恥ずかしいでしょ」

立ち読みして怒られる方がずっと恥ずかしいと思うけどな。しかしどんな行為にも、それをするだけの理由があるということがよおくわかった。おそらくサッチーにだって、多くの言い分があるんだろう。

ちなみに彼女は、わりと男の人にモテる。まわりで「憧れている」という男がいたので私は言った。

「キヨスクで立ち読みする女でもいいの」

「僕が直します！」

私は野村監督の気持ちが少しだけわかったような気がした。

みんな誰かの愛しい女だもの。

私の幸福

さすがの私も何とかしなくてはと決意するほど、お腹がぽっこりと出てきた。腹筋運動がいちばん効くのはわかっているのだが、私はそもそもお腹の筋肉がゼロである。

以前スポーツクラブに通っていた頃、インストラクターの女性が私の足をしっかり押さえて言った。

「さあ、何回でもいいから、ゆっくりと起き上がってください」

ところが押さえてもらっているにもかかわらず、私は一回も起き上がることが出来ないのだ。

「それじゃ、もう頭に手をやらなくていいから、脇に手をやってゆっくりとね」

相手はもう呆れ顔だ。が、ここまでしてもらっても、せいぜいが五回といったところ。

そんなわけで私は腹筋ではなく、道具に頼ることにした。今回は薬局で見つけた、真赤なサウナベルトというやつを使うことにする。お腹に巻いているだけで自然と引き締まるそうだ。

素肌に巻こうとしたら、Tシャツや下着といった薄手のものの上にすることと説明書には書いてある。寝る前にコットンのネグリジェの上から巻いた。

この姿何かに似ている。そう、「スター・ウォーズ」に出てくる、あのヒーローの衣装とそっくり。彼もアジア風の不思議な服にサッシュを巻いていたっけ。

が、うちの夫は全く違う意見だ。

「小錦の化粧まわしみたいだ……」

とため息をついた。

「そんな格好をして恥ずかしくないか」

何言ってんのよ、これも素敵なプロポーションになるためよ、と反発したのであるが、朝起きて鏡を見てやはりショックであった。夫は小錦の他に「モンゴル相撲」という感想も口にしたが、まさにそれである。

私がもし男で、妻がこのような格好をしていたらどう思うか……私は珍しく夫の立場になって考えた。げんなりするのも無理はないか。

私は田舎の育ちなので、うちにいる時は、捨てようかなーと思う一歩手前のものを着ることが多い。そこへいくと東京育ちの夫は、うちにいる時もきちんとした格好をしている。ポロシャツにコットンパンツというのはなかなかの風情である。

私はよくまわりの人たちにこぼす。

「うちの夫みたいな超ワガママ男に我慢出来るのも、アレがまあまあのハンサムだからだわ。夜にケンカして、カアーッとなっていても、朝、彼がぴしっとネクタイを締めたりしているの見ると、まあ、もうちょっと耐えようかと思うもの。あの人がハゲやデブだったら、とっくに別れてると思う」

それを聞くと皆は、

「もの凄いのろけねー」

と呆れるのであるが、これはあたり前の話じゃないだろうか。愛情というのは、目から入る快感によって支えられているのである。

が、私のいけないところは、この判断を下すのは自分の側だけだと思っているところだ。夫の方にも目があり、好悪の情があるのをついうっかりと忘れてしまう。だから真赤な化粧まわし、じゃなかったサウナベルトをしてしまうのだ。そもそも家の中にいる時はかなり服装の手を抜き、外出した際に夫から、

「いつもそのレベルのものを着てくれよ」

と注文をつけられたばかりだ。

「それにしてもハヤシさんって本当に面喰いだよね……。男の人の基準ってそこにある

もんね」

いや、男の人の基準といおうか、幸福の基準はそこにあるのかもしれない。

つい先日のこと、A氏から電話がかかってきた。

「上京するから久しぶりにご飯を食べませんか」

A氏は京都のさる名門のお坊ちゃまである。詳しいことは言えないが、お茶に携わるお家の方といえばよいだろうか。私の好きなお公卿顔にすらりとした長身である。私は未だかつて、これほどノーブルなハンサムに会ったことがない。

これにお華の方の名門、B氏が加わったのである。この人は一歩間違えると嫌味になるぐらいの美男子だ。A氏と違って、大きな二重の目を持つかなり濃い顔立ちであるが、深い知性と品のよさで何とも爽やかな青年なのである。

こういう方々に囲まれ食事をするひとときというのは、全く何に譬《たと》えればいいのであろうか。本当に幸福な時間である。

彼ら二人の名を告げると、人々は、

「えー、ハヤシさんすごい。あの二人はそれこそハンサムの両横綱ですよ」

と羨ましがるのである。

私はこのところある週刊誌に、いい男が次々と登場する連載小説を書いているのであるが、A氏、B氏というのはあまりにもカッコよすぎて、作家の妄想の対象とはならないのである。

私はやはりC氏ぐらいのレベルがいいかなーと、勝手なことを考える。C氏というのは私の中で「不倫をしたい男ベスト10」の二位に居る。一位の男の人はしょっちゅう入れ替わるが、二位の男というのはいつもC氏である。A氏やB氏よりやや美貌は落ちるが、人柄がよくてかなり隙のあるところが私好みなのだ。

今日、C氏が突然遊びにやってきた。夕食どきのこととて、近くのお鮨屋に行こうということになった。着替えようと廊下に出ると、別の部屋から夫の電話をかける声が聞こえてくるではないか。すっかり忘れていた。今日は人間ドックへ行ったため、夫は会社を休んでいたのである。

仕方なく夫を誘ったところ、珍しく一緒に出かけると言う。三人で食事に出かけた。初対面であるが、夫とC氏とは話が合って、二人共とても楽しそうにお酒を酌みかわし始める。

ちぇっ、ちぇっ、ちぇっ。どんなに素敵な男の人でも、夫に紹介したとたん、瞬く間に魔法は解けてしまう。あとはタダの男友だちが残るだけ。これからはこれぞと思う人が出来たら、絶対に夫に噂話をしない。家にも遊びに来させない。もちろんこんなエッセイも書かない。

赤いベルトを巻くのも、その日のためではないか。夫には犠牲になってもらうしかない。

サザエさんの家

先日の「知ってるつもり?!」を見て驚いた。

「サザエさん」の作者、長谷川町子さんを取り上げていたのであるが、ここの三姉妹が皆揃いも揃って、かなりの美人だったのである。自画像からのイメージで、コミカルなおばさんだと思っていた町子さんも、チャーミングなおしゃれさんだ。何よりも目をひくのは、妹さんの洋子さんで、この方は目の大きな正統派美人である。

『サザエさんうちあけ話』を読むと、次女の町子さんを漫画家にしたように、お母さんはこの洋子さんを作家にするつもりだったようだ。初対面の菊池寛のところへ行かせたとある。洋子さんの書いた作文に目を通した菊池寛は、文藝春秋に遊びがてら来なさい、とか言ったようであるが、この理由もわかった。作文を持ってきた洋子さんが、すごい美少女だったからである。

長谷川家というのは不思議な家で、姉妹三人のうちひとりは独身、ふたりは未亡人である。新聞記者と結婚した洋子さんは、娘が二人生まれた後夫に先立たれる。つまり全くの女系家族なのだ。

テレビには、お祖母ちゃん、伯母さん二人、お母さんに囲まれた可愛らしい少女が映っている。

「でもお金がありさえすれば、こういうのもいいのよねえ……。男の人がいなくって女だけの家族で楽しく暮らすのもねえ！」

テレビに向かって思わずつぶやいたら、

「どういうことだ。男はいない方がいいのか。それがどうして幸せなんだ」

と、傍にいた夫が気色《けしき》ばんだ。

まあ、愛するご主人に先立たれるというのは不幸なことなのであてはまらないかもしれないが、最近私のまわりでとてもうまくいっているのは、離婚した女系家族である。

「男の人なんかまっぴらよ。もう二度と結婚する気はないわ」

という友人は、子ども二人を抱えて働いている。彼女のお母さんも離婚しているがまだ五十歳の若さで、喜んで孫の世話をしてくれるそうだ。時々喧嘩もするけれど実の母子である。我儘も言えるし、何よりも気がラクだ。

「結婚してた時はさ、早く帰ってご飯つくらなきゃ、部屋を大急ぎで片づけなきゃって、気の休まる時がなかったけど、今はもう本当にラクチン。天国よねえ……」

ハイミスの友人たちは友人たちで、ひとり暮らしをやめ、実家に帰ったというケースもこの頃すごい勢いで増えている。私は、

「それをやっちゃお終いだよ。あんまり居心地がいいんで、ずるずるといっちゃうよ」

と忠告しているのであるが、

「だけど母も年をとって淋しがってるし、ひとりだから心配で」

などと、最初はみんな殊勝なことを言う。けれどもあまりのラクチンさに、みんなそのまま帰ってこない。家に帰ればお風呂も沸いている。栄養たっぷりのおいしい料理は出来ている。そのうえ、母親はもういいトシの娘に干渉することはない。遅くなろうと、外泊しようと文句ひとつ言わないそうだ。何年か前まで、今年こそ結婚しなきゃ、などと決意を語っていた友人たちも、この実家パラダイスを知るともう逃れられない。実家で四十の誕生日を迎えた女性を、私は何人も知っている。

もはや日本の家庭というのは、父権を完璧に離れ、べったりと密着する母の娘への愛情が土台となり、単位となるのではないだろうか。もう夫、なんていう存在など必要でないのかもしれない。

そんな時、男友だちとお酒を飲む機会があった。遠い地方に単身赴任中の彼には若い奥さんがいる。大学の卒業を待ってすぐに結婚した奥さんだ。

「あいつはオレと結婚して、うんと得したと思う」

彼がぽつんと言った。

「オレと結婚したおかげで、都心の一等地に住めるんだぜ。まあ、そんなに広くない社宅だけどさ」

彼女はそこでもう三年近くひとり暮らしをしているのだ。生活費は夫からちゃんと送られてくる。娘時代は親の束縛もあったし、そう自由なことも出来なかったろう。が、人妻になったおかげで、大手を振って家を出ることが出来た。おまけについていること に、同時に快適なひとり暮らしも始まったのである。手のかかりそうな夫は遠隔地にいるし、めったに帰ってこない。彼女から行くこともない。好きなように暮らしても誰も文句は言わないのだ。

「いいわよねえー、こういう結婚。誰だってしたいわよ。相手があなただって我慢出来るわよ」

と言ったら、

「どういう意味だ」

と友人に睨まれた。夫といい、友だちといい、男性はこの種の問題にひどく神経質である。

とここまで書いたところで、ふと思い出した出来ごとがある。友人のお母さまがこのあいだ亡くなったのだ。彼女は私よりもふたつ下で、ずっと独身をとおしていた。魅力ある人で、恋愛も何度かしていたけれども結婚にはいたらなかった。彼女も三十代半ばになってからお母さんとの同居を始めた人だ。

お兄さんもいたが、家族を持ち別居していたから、それこそ母娘二人でべったり仲よく暮らしていた。外では有能な職業人だった彼女は本当に男のように働き、それを支えていたお母さんは、それこそ妻のように彼女を支えていたのである。

「親に死なれるのが、こんなにつらいとは思わなかった」

電話の向こう側で彼女は泣いていた。

新しい家族をつくるのは、もともとの家族を失くす恐怖と悲しみとを、少しでも軽くするため、と私は思っている。私は親が死ぬことを考えると、それだけで涙が出てくるような少女だった。だから結婚をせず、老いた親と暮らす人が理解出来なかった。これでは〝失くす〟一方ではないか。消費のみで生産していないではないかと。

が、最近はいろいろな家族の形態があり、いろんな幸せの形があっていいのだとやっと思えるようになった。長谷川家のような家があり、私の友人のような家があってもいい。何かが大きく変化している。本当にそう思う。

――ああドラマティック――

パリの大夜会は、それはそれは素晴らしいものであった。先週の「週刊文春」のグラビアを見ると、私の後ろを歩いている一行の装いは地味であるが、あれはたまたまであって、ほとんどがすごいイヴニングだ。しかしお国柄もあり、私たちの泊まっていたホテルには、ベルギーからの招待客がいたが、いまひとつおしゃれではなかったと支配人は言っていた。

パーティー会場で、

「あなたのドレス、素敵ね」

と話しかけてきたカナダの人たちはもっさりという感じで、やはり洗練された豪華なドレスを着ていたのは地元フランス勢である。タキシード姿の男性の傍に、タフタのドレープをたっぷりととったイヴニングドレス姿の女性が歩いているのを見ると、ヨーロッパの底力を思い知らされる。

映画に出てくるような美男美女がとても多い。招待客たちは一時間かけてベルサイユ宮殿と庭園をそぞろ歩き、しつらえたテントでシャンパンをいただく。十九世紀のお小姓姿の給仕がいたり、昔の竪琴を弾く人もいる、中でも圧巻は高下駄（フランスでは何て言うのか）を履いて練り歩くピエロたちだ。

そしていよいよディナーとなった。ベルサイユ宮殿の温室だった巨大な空間に、長いテーブルと椅子がしつらえられ、招待客六百人が着席した。国別に分かれて座るが、私は以前からパーティーの主催者であるヴーヴ・クリコの会社の方に懇願していた。

「お願いだから外国人の隣りは勘弁してください。私は英語もフランス語も駄目なので、日本人の中でね」

よく見ると、語学の達者な方を国と国との継ぎ目に配置してある。パリの日本文化会館の館長さんの磯村さんご夫妻もいらしていたが、お隣りはフランス人だ。

会場はさまざまな言語がとびかっていたが、私は日本語だけを使い、たっぷりと料理を味わうことが出来た。

まずテーブルセッティングに目を奪われる。光るクロスの上にビー玉がちりばめられ、花を閉じ込めた氷がとても涼し気だ。光があてられ、キラキラと光る。

高い天井までの壁はスクリーンとなり、マダム・クリコ（家業のヴーヴ・クリコづくりを成功に導いた女性）にちなみ、二十世紀の偉大な女性たちがスライドで映し出される。マリリン・モンロー、グレコ、ピアフなど知っている顔が多い。

やがてギャルソンたちが曲にのって行進してきた。お皿が運ばれる。前菜はキャビアののったリンゴのムース、そして海老ソースのラビオリ、メインは仔牛のソテー、茸とそら豆のピュレ添えである。すべてシャンパンでとおし、銘柄はもちろんヴーヴ・クリコ。

隣りに座られた元帝国ホテル社長の犬丸一郎さんがおっしゃるには、これだけの人数の客に、冷たいものは冷たく、温かいものは温かいままでいっぺんに出すのは大変なことなのだそうだ。

それにしても、このディナーの華やかなことといったらどうだろう。広い広い会場が、正装した人々に埋めつくされている。そして壁には幻想的な似顔絵が映し出され、オペラのアリアが歌われる。よく「夢のような」という言葉があるけれども、まさにそんな夜である。

世界中のゴージャスな集いを知り抜いておられるであろう犬丸さんも、

「これはなかなかのものですね」

と感心していらした。

九時から始まったディナーは結局十二時半に終わり、私たちは帰路につく。夜のベルサイユはしんとして靴音が響く。普段の観光コースと違って、かなり奥まで入れてもらっているのだ。

私はかつてのここの女主人、マリー・アントワネットのことを思った。実はここに来る途中、シュテファン・ツヴァイクの文庫本『マリー・アントワネット』を読んでいたのだ。読めば読むほど、アントワネットという人は、故ダイアナ妃に似ているような気がする。美しくエレガントで、会うと誰もがうっとりと魅了されてしまう。女らしくやさしい性格で、情け深い。けれどもものごとを深く考えることが嫌いで、目先の楽しさだけに目がいく。本など人生を通じ、小説をぱらぱらとめくったことくらいしかない。踊ったりする方がずうっと好き、というところまでそっくりだ。

けれどもダイアナ妃がアントワネットと決定的に違ったところは、彼女は弱い立場の人々の中に喜びを見出したことだ。彼らを元気づけ、助けることに生き甲斐を感じていくのである。意地悪な言い方をすれば、これは派手な社交よりずっと楽しかろう。もし時代がもう少し違っていて、アントワネットが貧しい人々の中に入っていったらどうだったか。彼女の性格だったら、おそらくボランティアにのめり込んだろう。アントワネットの感じやすい心は、たちまち貧民救済、病院建設という方向にいったに違いない。そうしたらフランス革命も起こらなかったはずだ、などとあれこれ考える。

今回パリに来て驚いた。ダイアナ妃が交通事故を起こした場所に、金色のモニュメントが建設されていて、祈る人が後をたたない。花束もある。

ダイアナ妃は可哀相な女性であったが、やはりドラマティックで華やかな人生をおくった人だったと思う。このドラマティックに生きる、というのは私の人生のテーマであるがなかなかうまくいかない。いくらベルサイユ宮殿のパーティーに出ても、四日後には帰らなくてはならないのだ。

パリで何人かの友人と会った。カワノさんは、このあいだまで角川書店の編集者だったのだが、今は結婚してパリに住んでいる。お相手はフランス人の外交官である。エリートなのはもちろんだが、日本での任期中にマスターしたから日本語もぺらぺらだ。一緒に食事をしたが、知的で男らしく、私は嫉妬のあまり次第に無口になる。

フランス人と結婚して、パリに住むというのは、十五歳の私が決めていた人生スケジュールではなかったか！　それが今じゃ、こうだもんね。ああ、パリというのは人さまの生き方を、指をくわえて眺めるところである。

作家は色んな人に会う方がいい　林真理子

『「中年」突入！』を今読み返してみると、ほとんど毎日の晩御飯を自分で作って夫に食べさせてますね……ということは、まだこの頃には夫の帰りが毎日遅かったということですね……ま！「お帰りなさい、美人妻より」なんてメモを書いてたり、キツいサイズの自分の靴を彼に伸ばしてもらったりもしてる。今じゃ考えられないなァ。この頃はまだ夫と仲良しだった（笑）。

ああ、自分の体のメインテナンスが大変、なんて書いてる。いま思えば、この四十歳頃の老け具合なんて全然たいしたことなかったんですよ。いまどれだけメインテナンスに時間をとられているか……。

阪神大震災、少年Aの事件もあったし、松田聖子さんの離婚と再婚、小和田雅子さんの皇室入りもしっかり書いてますね……この中で私、いろんな予言してますけど結構当たってるんじゃないですか。「将来小和田さんが生むだろうお子さんも、おそらく切れ長の目の、お雛さまのような顔をしていることであろう」なんて言ってるし、「松田聖子は優秀なギャンブラー」っていうのも、名言ですね（笑）。

全体的に感じることは、文章のなかに固有名詞が多い。人の名前なんて特に、いまではプライバシーの権利がうるさくなったから、ここまで何でも名前を書きません。校閲からチェックが入ります。時代ですね。

それから、体力が凄くあったんだなあ。年に七回くらい海外出張に行ったりしてますし、徹夜で原稿も書いている。今ではとっても無理なことをしてますね。『白蓮れんれん』もこの頃書いてる！　今年、ＮＨＫ『花子とアン』のおかげで、本がまた凄く売れだして……二十年前のものがまた売れるなんて、本ってありがたい！

九〇年代ってどんな時代だったか。

まだインターネットがなかったことが今との最も大きな違いじゃないでしょうか。我々は新聞雑誌、テレビでいろんなことを知るけど、今の若い人たちはそんなもの全く見ないんでしょう。こちらが発信する前に別の情報源からいろんなことを皆が知っている感じがします。新聞に何回イベントの告知を出したって、テレビでスポット入れてもらったって、若い人には届かない。「知らない」って言うんです。じゃ、世間のことを何で知るの？と聞くと「ネットで全部見る」って。

今って、この世が二つできちゃってるんですね。

自分のことで言えば、例えば連載の担当編集者とも直接会うよりファックスでのやりとりがだんだん多くなって、携帯持つ人が周囲に増えてきていたかな。

私は、それまで生きてきた自分の仕事の業界とは違う、他の自分の世界を作りたかったのかもしれません。

京都に行く、日本舞踊を習う、着物をたくさん買う……和の世界に走りました。国立劇場で藤娘を踊るのに一体いくらかかったか……もう本当にこの頃はお金を使った。時間も今よりあったから、美味しいもの食べによく出掛けたし、パーティやイベントへのご招待も出来る限り貪欲に受けてました。遊びに使ったあのお金、老後のために貯金しておけば今頃どれだけ助かったかと思います（笑）。

この遊びまくった日々が終わったのは、やはり子どもを持ったから。夫の「外に出掛けてばかりいないで、家にいろ」という締め付けもさらに厳しくなって……（笑）。

「最初で最後の出産記」は、自分の子どもについて書くのはこれ一回きり、と決めて書いたもの。プライバシーもなにもなく、妊娠について心無い報道されて、あのときはほんとに辛かった……でも、連載をいつも読んでくださっている読者の方にはやっぱりこのことについて書いておかないといけないと。これっきり子どもについての文章を書くことはありません。今でも時々、「あの文章はよく覚えてる」なんて言ってくださる方

2001年９月　富山市八尾町「おわら風の盆」祭りにて。
敬愛する渡辺淳一先生と。

がいますね。

よく言われるような「子どもを産んで初めて人生がわかった」みたいなことは、全く思ったことはありません。そんな立派なことでもなんでもなくて、私は、母から受け継いだものを次に繋げたかったし、中にも書いてますけど、私の子どもに「ほんの少しでも母に息を吹きかけてほしかった」。

自分の子どもを持つということは、めちゃくちゃ強い「自己愛」の結晶なんです。

ひとつだけ人様に言えるのは、高齢出産はキツイ、ってこと（笑）。私の場合は幸いシッターさんを頼ったり、お手伝いさんに家事を頼んだりできますけども、それでも年をとってからの子育ては体力的に非常にキツイんです。なかなか出来なくて努力している人はもちろん別として、高齢出産を計画するのはやめておいたほうがいいですよ。いま、若いときにたくさん遊んだり仕事したりして四十歳くらいで子どもを持ったほうが楽しい、みたいなことを本気で思っている女性がいるようですけど。

この『「中年」突入！』の中にも何度か、東大卒でイケメンで性格もいい官僚とか大企業勤務の、まるで「桐箱入りのメロン」みたいな男性のことが出てきますけど、私は実際にこういう男の人たちにたくさん会ってるわけです。この頃、遊びの集まりでマスコミの人、官僚、時の知事の方にもお会いしてよくご飯食べたりしてました。私が遊んでいることに対して「作家のくせに」と眉をひそめる人もいましたよ。本業以外の無駄なことに時間を費やしている、と思うんでしょうけど、例えば今わたしが小説の中にこういうエリート男性を登場させるとき、書物で調べたり、頭の中だけで、エリートってこんな人かな、って考えて書くんじゃなくて、自分の記憶に沈殿している彼らの像が動き出すんです。小説の中で、実際に会った彼らが勝手に喋ってくれる。

職人がよく「考えてたら仕事は出来ない、手が勝手に動くようじゃないと」って言いますけど、作家も同じ。そういうことが出来るようになるために何十年もお金使って人と会って、遊んできたんです。ほんと、作家っていろんな人に会ってないと駄目だと思う。

本の印税は、作家が読者から貰うお勉強代なんですから。

この九〇年代の多くの経験が、今の私を作ってるんだと思います。

（語り下ろし）

本作品集は、以下を底本とした文庫オリジナル版です。
『おとなの事情』一九九五年七月刊
『嫌いじゃないの』一九九六年九月刊
『そう悪くない』一九九七年十二月刊
『皆勤賞』一九九九年二月刊
『踊って歌って大合戦』二〇〇一年二月刊
『世紀末思い出し笑い』二〇〇二年一月刊
『みんな誰かの愛しい女』二〇〇三年一月刊
すべて文春文庫。

初出　週刊文春（一九九一年〜一九九九年）
「なぜこんなに哀しいのか」「プロと出会う快感」は
クレア（一九九四年）

文春文庫

「中年《ちゅうねん》」突入《とつにゅう》！
ときめき 90s《ナインティーズ》

定価はカバーに
表示してあります

2014年11月10日　第1刷
2015年6月5日　第2刷

著　者　林《はやし》　真《ま》理《り》子《こ》
発行者　羽鳥好之
発行所　株式会社 文藝春秋

東京都千代田区紀尾井町 3-23　〒102-8008
TEL 03・3265・1211
文藝春秋ホームページ　http://www.bunshun.co.jp

落丁、乱丁本は、お手数ですが小社製作部宛お送り下さい。送料小社負担でお取替致します。

印刷製本・凸版印刷

Printed in Japan
ISBN978-4-16-790233-9

（　）内は解説者。品切の節はご容赦下さい。

林 真理子
戦争特派員《ウォーコレスポンデント》（上下）
ファッション業界に勤める奈々子の平和な日常に現れた梶原。ベトナム戦争の取材体験をもつこの中年ジャーナリストに、彼女は何を求めたのか。渾身の長篇恋愛小説。（川西政明）
は-3-6

林 真理子
不機嫌な果実
三十二歳の水越麻也子は、自分を顧みない夫に対する密かな復讐として、元恋人や歳下の音楽評論家と不倫を重ねるが……。男女の愛情の虚実を醒めた視点で痛烈に描いた、傑作恋愛小説。
は-3-20

林 真理子
みんな誰かの愛しい女
たまに喧嘩もするけれど優しい夫、可愛い子どもにも恵まれた。でも何食わぬ顔でカッコよく生きたい。「週刊文春」好評エッセイ第十四弾。特別寄稿篇「最初で最後の出産記」併録。
は-3-23

林 真理子
紅一点主義
女が最も羨ましい状況はライバルなし、ひとり勝ちの「紅一点」。念願の「ビストロ・スマップ」TV出演にときめくマリコ。美女ぶりが更にパワーアップの大好評シリーズ第十六弾。
は-3-25

林 真理子
初夜
婚期を逃した一人娘の子宮手術の前夜、傍で眠る父の悲哀はやがて甘やかな妄想へと。留守電に入れた愛人への別れの伝言に不倫の証拠が……。美しくも恐ろしい十一篇の恋愛官能小説集。
は-3-26

林 真理子
林真理子の名作読本
文学少女だった著者が、『放浪記』『斜陽』『嵐が丘』など、今までに感動した世界の名作五十四冊を解説した読書案内。また簡潔平明な内容で反響を呼んだ「林真理子の文章読本」を併録。
は-3-27

林 真理子
旅路のはてまで男と女
高価なわけでも、大切にしているわけでもないのに、身の回りからずうっと消えないものがある。案外、男と女もそういうもの？マリコが考察する「別れぬ関係の謎」。シリーズ第十七弾！
は-3-28

（　）内は解説者。品切の節はご容赦下さい。

林　真理子
野ばら
宝塚の娘役の千花と親友でライターの萌。花の盛りのように美しいヒロイン達の日々は、退屈な現実や叶わぬ恋によってゆっくりと翳りを帯びていく。華やかな平成版「細雪」。（酒井順子）
は-3-29

林　真理子
夜ふけのなわとび
朝の電車の女性たち、ずうっと女でいたい女性たち、外国人と結婚したい女性たち……。今日もよく遊び、よく書き、よく考える、「週刊文春」連載の人気エッセイシリーズ第十八弾。
は-3-30

林　真理子
オーラの条件
旬のただ中に生きる人は、不思議な光線を発している……。ITで財をなした青年や変わり者の政治家、「時代の寵児」を作り上げる世の中を鋭く見据える、シリーズ第十九弾。
は-3-31

林　真理子
本朝金瓶梅《ほんちようきんぺいばい》
江戸の札差、西門屋慶左衛門は金持ちの上に女好き。ようじ屋の看板おきんを見初め、妻妾同居を始めるが……。悪女おきん登場！　エロティックで痛快な著者初の時代小説。（島内景二）
は-3-32

林　真理子
なわとび千夜一夜
皇室のビッグニュース、ダイエット、サイン会。女を磨き小説も書き、気も抜けない、手も抜けない……。ついに「週刊文春」連載一〇〇〇回に到達！　記念すべきシリーズ第二十弾。
は-3-33

林　真理子
本朝金瓶梅　お伊勢篇
慶左衛門は江戸で評判の女好き。噂の強壮剤を手に入れるため、お伊勢参りにかこつけて二人の妾と共に旅に出たが……。色欲全開、豪華絢爛時代小説シリーズ第二弾登場。（川西政明）
は-3-34

林　真理子
美食倶楽部
モデルクラブ女社長の食道楽と恋をシニカルに描いた表題作他、不倫の恋の苦さが満ちる「幻の男」、人間洞察の傑作「東京の女性」。女の食欲とプライドが満ちる充実の三篇を収録。
は-3-35